Зов в Никуда

Владислав Темкин

Памяти моей матери

Таблица содержания

Часть 1

Вместо пролога. "Санта-Мария", "Пинта" и "Нинья".

"У людей была холодящая душу, порой кажущаяся недостижимой, но все же радушная надежда, – победить себя и непростую действительность, и стать лучше, и коснуться неведомого счастья... Эту надежду у них отняла революция. А счастье, - счастье было подменено истерическим весельем, которым заправляли в меру расторопные убийцы-прагматики. Таково краткое содержание книги "Бегущая по волнам"", - Резюмировал Свиридов, опустив со стуком, на половину пустую, пивную кружку.

"Ну а как же романтизм?"– старался не отставать я, заказав еще пинту пива...

" Какой романтизм? Оглянись вокруг. Где ты видишь романтизм среди болота? Или может, ты представишь мне другие книги или фантазии". – Не унимался Свиридов...

Он, явно, перебрал с выпивкой. У нас был тяжелый день. Наш туристический автобус потерял колесо на полном ходу и едва не скатился в Женевское Озеро. В начале, что-то стучало, как лебедка при сильном порыве ветра. Но водитель проигнорировал жалобы пассажиров. Колесо отвалилось и выкатилось на противоположную сторону дороги, едва не задев, идущие на большой скорости автомобили. Автобус притормозил своей правой стороной корпуса, выбив из добротного Швейцарского асфальта кучу искр. "Горим",- крикнул кто-то. И люди стали бить кулаками в стекла окон и двери... В конечном итоге, наш автобус остановился, и мы соскочили на тротуар, шатаясь от страха, и, одновременно, радуясь своему скорому избавлению...

Свиридов был моим преподавателем в Медицинском Институте, и я с ним случайно встретился в злосчастной поездке по Австрии и Швейцарии. Опьяневшего Свиридова я провел в его номер гостиницы, и он на прощанье мне бросил. "Знаешь Володя, все люди делятся на два вида. Одни уверены, что два помножить на два, равняется пяти... Другие знают, что два на два – четыре, но это их раздражает... Ты неплохой парень, Володя, но с резьбой в голове..., - и немного подумав он добавил, – И ты знаешь это" ...

«Зато я помню названия трех кораблей Колумба в его первое путешествие к "Терра Инкогнито», - прокричал я в захлопнувшуюся перед моим носом дверь.

И уже без надежды прошептал: "Санта Мария", "Пинта" и "Нинья".

В преддверии.

Раздались выстрелы, и в небо поднялись каркающие вороны... По ним двое незнакомцев стреляли еще и еще. Несколько черных тушек упали на мостовою. Я выглянул в окно, интересуясь, кто это нарушил тишину... На улице, двое перезаряжали пистолеты, подтрунивая друг над другом. Они и не думали прекратить бойню... На балконы высыпали праздные зеваки. Некоторые стали кричать, что мол, как не стыдно стрелять по бедным птичкам. Но двое не впечатлились замечаниями защитников природы. Угрозы, вызвать полицию, их тоже не напугали. Они успокоились лишь тогда, когда птицы разлетелись. Сев на мотоциклы, один из них обернулся, отдал мне по-военному честь, опустил на лицо шлем, и оба укатили в неизвестном направлении. Я закрыл крепко ставни, словно в непогоду, и вернулся к письменному столу. Я чувствовал себя плохо. Болела голова, и свело в животе... К тому же, мне явно не писалось. Постылое, беспросветное, серое прошлое выглядело, как опрокинутое лукошко, из которого посыпались обрывки фраз, простых и сложных предложений и слова, слова, слова...

Все перемешалось чей-то грубой и беспощадной рукой. Второй пост докторат был точной копией первого, а тот в свою очередь, ничуть не отличался от учебы на третью степень…. Или все-таки есть разница?! Вопрос несуществующий для продажных и лицемерных судей, понаставивших, следивших за мной, своих соглядаев…

Нет, я не хвастаю своими степенями. Но, просто, кроме них и преследующей меня несвободы у меня в мои сорок пять лет ничего нет…. Ни жены, ни детей, ни друзей, ни квартиры, ни работы…

И еще кроме матери, чувство вины перед которой, отравляет мое существование не менее, чем жизнь в скорлупе….

Слабость не всегда заслуживает жалость. В особенности, когда она непоколебима в своем неприятии чужой критики, если, конечно же, эта критика имеет благие намерения… Хотя и врагам мы, порой, обязаны за едкое, но точное слово в свой адрес…

Я проиграл, не дотянув до победы совсем немного. В эндшпиле я потерпел поражение в чистую несмотря на то, что Сизифов труд был почти завершен… Статья виднелась мне вдалеке, как Итака Одиссею. И вдруг кто-то, по неосторожности, или по какому-то злому умыслу, выпустил безжалостный ветер. И теперь, неоткуда искать пощады и снисходительности. Моя судьба и судьба статьи решена. Статья идет в мусорное ведро или на подкормку больших дядей. А я должен развлекать публику, по-видимому, до конца своих дней...

“Чувствую ли я себя в очередной раз в своей жизни сломленным и обманутым”? - Вопрос “психоанатомов”, бестактно ковыряющихся в моей жизни, как хирург в ране...

Я пишу эти строки по вечерам, когда я думаю о том, что завтра наступит другой День. Но он, увы, не принесет мне ничего радостного. Так я жил пять лет в Сан-Франциско. Завтра наступит другой День, - убаюкивал я себя вечерами коротких и одиноких отдыхов.

Но “завтра” несло мне новые схватки вокруг моих проектов, мелкие неурядицы, страх перед всевозможными deadlines, и опыты, опыты, опыты...

Первые два года я вообще не видел ни разу моря, вернее океана. Я спал на полу, на надувном матраце. В моей комнате не было никакой мебели, и лишь не распакованные ящики, на которые я постоянно натыкался, маячили из темноты то тут, то там....

Да, это действительно, была жизнь в заточении. Только о настоящей несвободе, я еще не догадывался... Не так страшно существование под стражей, когда осознаешь, что за высоким забором течет сквозь ухабы и трещины, как горная, чистая река, настоящая, никем и ничем не ущемленная жизнь... Но гораздо хуже, когда не понимаешь, где заканчивается тюрьма, и начинается свобода, и когда теряешь не только независимость и надежду, но и рассудок...

Да.

Лучше поклоняться данности

с короткими её дорогами,

которые потом

до странности

покажутся тебе

широкими,

покажутся большими,

пыльными,

усеянными компромиссами,

покажутся большими крыльями,

покажутся большими птицами.

Да. Лучше поклонятся данности

с убогими её мерилами,

которые потом до крайности,

послужат для тебя перилами

(хотя и не особо чистыми),

удерживающими в равновесии

*****

Я вошел в —мертвую зону. Так мы называли узкий коридор, связывающий кабинет профессора Сержио Каинмана с кабинетом руководительницы его лаборатории (Жаклин), кабинетом секретарши и компьютерной комнатой.

Тихо закрыв за собой дверь, из кабинета Каинмана вынырнул белокурый Ганс с улыбкой питона, заглотнувшего кролика... Интересно, чему может улыбаться человек после встречи с босом, за пять лет не создавшего ни одного графика, ни одной картинки, не получивший ни каких результатов в своем псевдопроекте?.. Словно читая мои мысли, Ганс бросил мне:

- В лаборатории Каинмана каждый выживает, как может...

- И как же выживаешь ты? – спросил я, нехотя, вовлекаясь в ненужный мне, пустой разговор...

- Очень скоро Володя, ты узнаешь... - Рассмеялся Ганс и исчез в коридоре, прошуршав халатом.

- Вот дурак! - пробормотал я, неизвестно на кого, злясь больше, - на себя или на него?

Я уселся перед компьютером, сканировал фотографию и стал тупо смотреть в появившуюся в Фотошопе картинку электрофореза...

- Мне бы сейчас в будущее, годков этак на два-три..., - подумал я.

- Пожалуйста, - выкрикнул из компьютера человечек в черном сюртуке и того же цвета, шелковой бабочке...

Я протер глаза, но человечек не исчез, а только весело подмигнул мне.

- Он читает мои мысли. Так продолжалась наша странная до нелепости беседа. «Я думаю»,—а он говорит вслух. Не знал я, что такие беседы станут нормой в моей не слишком веселой жизни. А может такие разговоры случались прежде, этак десять – пятнадцать лет назад...

- 2012 год? Так? Нет проблем...

- Ты читаешь мои мысли и еще предлагаешь мне отправиться в будущее... Бред какой-то.... И потом, куда ты дел мою фотографию?

- Да никуда не денется твоя фотография... А вот перебраться в будущее... Я действительно могу это устроить.... Давай так, - я начинаю считать с десяти...

- Постой, а как же мои опыты?

- 9,8, скоро они тебе не понадобятся…

- Но я ведь в лабораторном халате…

- 5,4…. Там куда ты отправишься тебе дадут новый, белоснежный халат… И не только халат, - хихикнул человечек в черном.

- Но я ведь никого не предупредил здесь, что я уезжаю, то есть, что я отправляюсь в другое время.

- Скоро "другое время" станет твоим настоящим и единственным. А уж приглянется ли оно тебе или нет, - зависит от тебя… Или не только от тебя…, - подумав добавил он.

2,1…. "И пусть тебе светят все взошедшие и падающие, яркие и не очень яркие звезды…— сказал напоследок странный человечек в компьютере. - Ощути их далёкую теплоту, если сможешь понять, о чем я говорю" …

Когда возникает

беззвездное чувство отчаленности

от тех берегов,

где рассветы с надеждой встречал,

мой милый товарищ,

ей-богу, не надо отчаиваться -

поверь в неизвестный,

пугающе черный причал.

Не страшно вблизи

то, что часто пугает нас издали.

Там тоже глаза, голоса,

огоньки сигарет.

Немножко обвыкнешь,

и скрип этой призрачной пристани

расскажет тебе,

что единственной пристани нет.

—Евгений Евтушенко

Начало.

Зазвенел будильник. Раздался повелительный голос матери из кухни: - Володя, ты идешь на работу, или нет?

- Где я? Какая работа? - Я встал, нехотя, с кровати. Умылся, оделся. Мать подала мне рюкзак, - Я положила тебе завтрак, не забудь выпить воду. Мама подошла к телефону. Звонила Нина, мамина подруга. Нина вышла замуж за ультраортодоксального религиозного мужчину и теперь у нее с мамой была лишь две общих темы: Война и тяжелое после военное детство. Порой они вставляли в разговор несколько слов на идиш, но тут же друг другу объясняли их значение...

Я вышел на улицу. - Ну и что теперь? Куда идти? Прозвенев в затяжном птичьем крике, промчался скоростной трамвай. Неожиданно, прохожий на улице повернулся ко мне лицом и сказал: "Вам на тридцать девятый автобус. Это там". - И он махнул рукой в сторону ближайшей остановки автобуса.

Следует заметить, что по пути в госпиталь с зычным названием "Сорока", меня несколько раз в транспорте и на улице окликали незнакомые люди и говорили мне, куда идти...

Кое-как, я добрался до фармакологического факультета. В дверях стоял профессор Филиппович, с которым я был знаком по учебе на третью степень. Он бодро пожал мне руку и большим пальцем указал мне вверх. Мол все ок. Он, также, сказал, что я должен подняться на шестой этаж в лабораторию Доктора Вильяма Рошти (пока еще не профессора).

Доктор Рошти встретил меня кислой улыбкой. Пригласил сесть и предложил кофе. Я занял место на стоявшем рядом со столом стуле, но от кофе вежливо отказался.

Жизнь постдока` не простая, - разглагольствовал Рошти, - Но, если ты не преуспел, она становится жестокой.

У меня статья в подаче, - возразил я по глупости.

Зачем она тебе нужна? - продолжал Рошти, - Даже если ты опубликуешься, то потом нужно получить грант, а это не просто…

- Я могу подать scientific proposal…

- Подать, то ты подашь, да кто тебе даст деньги, - рассмеялся Вильям, показывая свои кривые зубы и тут же взгрустнул о чем-то о своем…

- Хорошо, что вы предлагаете?

- Можно продолжить работу над твоим проектом в моей лаборатории…

- Но, ведь, я у вас работаю временно, - пока не закончатся деньги…

- Then you will be on your own…

- Где-то я уже это слышал…- И вслух сказал, - А кто же закончит статью?

- Кто-нибудь непременно закончит…

- Тогда этот "кто-нибудь", будет первым в статье.

- Тебе важна работа или статья? "Если у тебя не сложится в этой лаборатории, - у тебя не сложится нигде" …

- И это где-то я уже слышал…. Эта статья моя, равно, как и Сержио Каинмана (научный руководитель моего второго пост доктората). Пять лет я работал у него.

Он заслужил быть corresponding and last author в статье.

- Я не стану говорить с Сержио, - сказал я, упрямо, глядя в глаза Рошти.

- От тебя это не требуется… - Сказал он с досадой, отведя взгляд. - Ладно, иди работай. И смотри, не ссорься ни с кем…

Темных уз земного заточенья

Я ничем преодолеть не мог,

И тяжелым панцирем презренья

Я окован с головы до ног.

*****

И, глухую затаив развязку,

Сам себя я вызвал на турнир,

С самого себя срываю маску

И презрительный лелею мир.

Я своей печали недостоин

И моя последняя мечта -

Роковой и краткий гул пробоин

Моего узорного щита.

—Осип Мандельштам

Я зашел в узкую, небольшую комнату, где деревянные столы на металлических ножках, покрытые белой, блестящей бумагой, почти касались друг друга. Я, уже, здесь был…. Но не могу вспомнить, когда?.. Наверное, еще до отъезда из Конкордии в Америку. Да, точно, я здесь работал во время учебы на вторую и третью степень.

Мне вспомнилась Эми. Как она подтрунивала над моим русско-конкордийским акцентом…. Мы познакомились в университете. Я пришел в соседнюю с ее лабораторией комнату. По ошибке я зашел в кабинет, где сидела Она, работая у компьютера. Мы разговорились, и я стал часто заходить к ней. У нас обоих никого не было в

15

Денвере, и это нас сблизило. Однажды, Эми пригласила меня пойти на Christmas party. Я охотно согласился. На вечеринке мы много танцевали. Во время медленного танца она прижалась ко мне, и я захотел заняться с ней тем, чем мы занимались потом два года.

За два года Эми не изменила меня, но я изменил ее. От скромной, но принципиальной девушки, не умеющей целоваться, не осталось и следа. Эми начала озираться, оценивая мужчин и женщин злословя. В ее действиях появилась расчетливость…. Летом мы поехали в национальный парк Yellow Stone. Я не выпускал руль из рук. Несколько дней шел шквальный, проливной дождь. "Дворники" с большим трудом смахивали воду от косых дождей, безжалостно, хлеставших окна нашего небольшого джипа. Мы ехали в машине по семь-восемь часов в день. В таких условиях было очень утомительно сидеть за рулем. В последствии китаец с английским именем Питер, из лаборатории Вильяма Рошти, проверял меня: "Мол, его "знакомый" находился на отдыхе в Yellow Stone. Почему-то его "знакомый" не давал водить машину своей подружке"? Я выпалил: "Наверное, его "знакомый" настоящий джентльмен"…

Я нисколько не в обиде на Эми за эти подробности. Я ведь понимаю, какие "средства" использовались для собрания "материала" по моему "делу" …

Спустя два года шеф Эми получил выгодное предложение, и Эми переехала вместе с ним в Бостон. Мы часто перезванивались и подолгу молчали в трубку. Она из-за страданий, я - из вежливости.

- Осенью, я приеду в Денвер, - как-то сказала Эми мне.

- Надолго?

- Не знаю…

Но пришла Осень, и Эми стала реже звонить. В Денвер она не приехала. Позвонив как-то раз, Эми сказала, что у нее "большие перемены", но о них она расскажет позже…. За две недели до своей свадьбы, Эми, наконец, набралась храбрости и сообщила мне, что выходит замуж.

Я её поздравил.

Отходит автобус от станции. Кто-то

помашет рукой, словно, друга маня.

Мне может и станет когда-нибудь плохо,

Но только, конечно, не из-за тебя.

И вот, уже вдаль потянулась дорога…

Сонливое солнце проводит меня.

И розовый след упадет с небосклона, -

Нет, мне никогда не увидеть тебя.

Пустынные пашни и сумрачный город

Легли, между нами, не ведая зла.

Чужая кровать мне маячит с порога, -

Я все же, надолго запомню тебя.

Мои мысли прервались нахальной студенткой доктора Рошти, Dusty: "Послушай! Муж твоей бывшей подружки до сих пор ждет тебя".

М-да... Она тоже читает мои мысли…. Сейчас проверим еще раз, и я подумал про себя: "Я вчера прочел на сайте "ВВС", что олимпиада в Лондоне проходит под защитой девочек…"

"Это наглость так думать…, - заявила Dusty, - И вообще, если ты не сконцентрируешься на Сержио Каинмане, то у тебя не будет никаких результатов в твоих опытах" …

За окном голубь чистил свое бело-серое оперенье, широко раскрыв крылья. Кто-то вспугнул его, и он улетел. Пожалуй, если я не выдам им всю подноготную Каинмана, они меня выгонят, а если выдам, — то выгонят еще быстрее…

Значит, новости по радио, телевизору, интернету выдуманы…Или изменены… Из коридора вынырнул профессор Йоси Злохерсон, одетый в черный плащ, спадавший с его узких плеч почти на пол. Злохерсон был выше среднего роста, примерно метр восемьдесят пять. И хотя его очки придавали ему оттенок интеллигентности, но тех, кто был знаком с Злохерсоном лично, знал, что фамильярничать с ним не стоит… У Злохерсона были пытливые, карие глаза, от сверлящего взгляда которых, собеседнику делалось не по себе… Злохерсон кивнул мне, почти миролюбиво, насколько он вообще мог быть миролюбивым и ушел восвояси.

Dusty не унималась:

- Если будешь продолжать в том же духе, - ты не избавишься от незваных гостей в свою квартиру.

- Я сам незваный гость, только в своей стране, - Вымолвил я, наконец.

- Это можно быстро исправить. Хочешь попасть в Зелотанию? Посмотри в окно. - На соседнем холме виднелся Минарет, торчащий посреди деревни, как одинокий резец в пустом, беззубом рту...

- Как тебе пейзаж? Там тебе быстро объяснят, что к чему...

- Не хочу в Зелотанию, - сказал я.

- Тогда контролируй свои мысли.

- И не смей думать плохо про французов (Элен Гренке и Френсис Кромер – научные руководители третьей степени и первого пост доктората, были родом из Франции). - А то скорчишься от болей в спине, - добавила подбежавшая лаборантка Лейла. Долговязая Лейла долгое время работала в лаборатории Йоси Злохерсона (куда она попала по блату, после того как ее выгнали из другой лаборатории) и научилась распознавать, какие слухи повторять, а какие пропускать мимо ушей... Она "умела" поставлять нужную информацию в нужный момент... Сколько в этой "информации" было правды? Ну не мне судить...

Значит, — они контролируют и мое здоровье вдобавок... Великолепно!

*****

Из-за поворота появился трамвай, ковыряя в воздухе своим акульим носом. Я заскочил на подножку и занял место возле окна. Сидящий напротив мужчина крякнул и как бы, нехотя, показал мне язык..., да еще провел им у уголка рта, изогнув его неестественно.

Я знаю, что думаю не то.... Язык исчез за толстыми губами. Но стоящая с молитвенником, неказистая старушка в очках, отрывисто закашляла. Ладно, буду думать про Каинмана...

Пакистанец Недали приехал в лабораторию Сержио Каинмана из Франции, где он закончил учебу на третью степень. Да так отличился, что ему пришлось сменить имя и фамилию перед поездкой в Америку. У Недали долгое время не было результатов, и Каинман лицензируя грант какой-то лаборатории из Мемфиса, дал ему ихний проект... Недали сфабриковал некоторые данные, самые сложные эксперименты за него сделал студент из Тайваня, которого "благодарный" Недали отодвинул на второе место в статье, и Каинман написал манускрипт и "продвинул" проект, опубликовав его в Immunity magazine. Так Недали сделал карьеру в лаборатории Сержио Каинмана. Трамвай остановился, и старушка разомкнула, лежащие крест на крест руки, точь-в-точь, как у Недали на групповой фотографии лаборатории Каинмана, громко хлопнула молитвенником, в который она почти не смотрела, в особенности, когда скрестила руки, поправила очки и вышла из вагона.

Дома из радиоприемника слышались новости радиостанции, вещающей на русском языке. В Пакистане сошел с рельс пассажирский поезд.… По крайней мере, тридцать погибших.… Переходим к внутренним новостям. Житель Зелотании погиб во время рытья подрывного туннеля в Конкордию. А сейчас концерт "Жаркое солнце" в авторской программе Татьяны Барич. Барич, за потоком ничего незначащих слов и выражений, произнесла режущие слух слова: Саботаж…То же самое… Сержио… и поставила диск с песней Петра Лещенко.

Все что было, всё что ныло,

Все давным-давно уплыло.

Утомились лаской губы,

И натешилась душа.

Все что млело, все что пело,

Все давным-давно истлело.

Только ты моя гитара

Значит радио подводит итоги моего дня…. Меня кормят веселой музыкой, если я думаю про нужных им людей…. Дешево меня купили… И устало, я плюхнулся в мягкое, спасительное кресло. А вот ради развлеченья, я сейчас стану думать о Рошти. Барич отозвалась: "Только не в этой программе" … Ну да, ведь он связан со Йоси Злохерсоном, Денвером и бог знает с кем еще…, а также "копает" под Нелен Гренке, Франсуа Кромера и возможно под Недали, хотя делает вид, что выступает против Сержио Каинмана….

Но откуда окружение Франсуа Кромера или Вильяма Рошти ведает, что делается в лаборатории Каинмана? Шпионаж или телевиденье, или и то, и другое…

Я выключил радио и нажал красную кнопку "ON" на пульте управления телевизором. На телевизионном канале "Ваши новости" шла полит информационная программа "Добрый вечер". Один из участников программы утверждал, что он знает как добиться мира с Зелотанией. Он упивался своими монологами и делал уставшее, пренебрежительное лицо, закатывая глаза, когда кто-то высказывал противоположное ему мнение. Его чванливость и мега уверенность в себе вызывала раздражение… Другой участник программы пытался уверить телезрителей, что мир с Зелотанией не возможен, ибо все зелотанцы испытывают животную, с рождения, ненависть к конкордийцам и понимают только язык силы. Он выглядел простаком-любителем и не побуждал к доверию… Я переключил телевизор на канал России. В программе "Есть здорово" Людмила Малышкина рассказывала о здоровом питании…. "Не пейте кофе, не ешьте баранины", - убеждала Малышкина телезрителей… Я подумал, что она помогает определенным постдокам в лаборатории Каинмана (не Олежику ли? Тот разглагольствовал в свое время, что лучше быть бараном в лаборатории с умным руководителем, чем умным в группе с лидером бараном). Камера сфокусировалась на лице Малышкиной, которая, покачав отрицательно головой, широко улыбаясь сказала: "Нет". Значит, и в телевизоре тоже читают мои мысли…

Думая над этим, я не заметил, как заснул…. Мне снилась Оля, соседская девочка по киевскому двору. Внезапно, подошел ее отец (алкоголик и драчун) и крикнул мне в лицо, -

- Ты изнасиловал мою дочь! Там в кустах… Вот и свидетель имеется… Откуда-то вынырнул толстяк-лилипут в небрежно заправленной в штаны рубашке… Пуговица на уровне пупка была расстёгнута, и живот вылазил наружу. В добавок, грязное, жирное пятно на рубашке, там, где живот выступал больше всего, довершало картину этого олуха. Он все время озирался, словно боялся чего-то…

- Что? – закричал я, - Да я, ведь, даже, не вышел с твоей дочкой ни на одно свидание! Тебя ведь предупредили, лысый козел, чтобы ты держался подальше от моей семьи? Предупредили, да?

“Лысый козел” скорежился и исчез…. “Свидетель” изнасилования последовал за ним…

Я насилу прервал свой сон и проснулся. Нет, пожалуй, мне не дадут покоя и ночью… Я вспомнил, как перед отъездом в лабораторию Каинмана, я приехал навестить мать в Конкордии и заодно навестил зубного врача.

Еще в приемной, я заметил плешивого, восточного типа мужчину со своей почти совершеннолетней, не в меру высокой дочкой. Он разговаривал с религиозной секретаршей врача, у которой из-под каштанового парика торчала копна седых волос. Секретарша внезапно выпалила:

" בת שלך נהדרת. מי שמבין יבין " (Ваша дочь великолепна. Кто понимает, тот поймет ивр.).

И она пристально посмотрела на меня. Так вот, когда родилась история с Олей. Или быть может, еще раньше, во время учебы на вторую степень, когда студентка с тем же звучным именем Оля была подставной уткой в лаборатории Элен Гренке… Да, психбольница меня преследовала везде… От Конкордии до США… Психиатры, они же преподаватели, думали, что разбираются хорошо в моей природе и могут манипулировать мной, играя на струнах слабых, по их мнению, чертах моей психики… Но водили ли преподаватели хороводы или сами стали пешками в невидимой игре?… Игре, в которой они боялись потерять семью, друзей, работу, положение в обществе и стать, что страшней всего, пациентами глобальной психбольницы… Игре, в которой, прячущиеся за шторами, серые кардиналы решали чья пешка станет дамкой, а кому гореть на костре, окружённым праздными зеваками, везде сующими свой нос доносчиками и безжалостными весельчаками-поджигателями… Публика требовала все новых жертв, и кукловоды знали это. Гильотина, не ведая отдыха, продолжала работать…

Я очнулся и решился написать e-mail Сержио Каинману, осторожно спрашивая: считает ли он возможным отдать часть проекта доктору Вильяму Рошти?

Какой странный genetic background у мышей. С ним трудно, что-либо сделать, - подумал я.

Ответ Каинмана пришел довольно быстро, несмотря на десятичасовую разницу во времени…

Может, Сержио в Европе?.. Он ведь так много разъезжает…

Каинман писал: "Скажи Вильяму Рошти, чтобы он поменял background у мышей, если, конечно, он их получит. А зачем тебе эта статья? Твоя жизнь, все равно, уже никогда, не изменится" ….

Времена не выбирают,

В них живут и умирают,

Большей пошлости на свете

Нет, чем клянчить и пенять.

Будто можно те на эти,

Как на рынке, поменять.

Что ни век, то век железный.

Но дымится сад чудесный,

Блещет тучка…

******

Крепко тесное объятье.

Время—кожа, а не платье.

Глубока его печать.

Словно с пальцев отпечатки,

С нас—его черты и складки,

Приглядевшись, можно взять.

—*Александр Кушнер*

Хочу Грааль.

Король Филип IV обычно просыпался с рассветом, но сегодня он проснулся позже обычного. Его мучили слабость, насморк и жар, полученные, вероятно, на охоте.

- Шико, где ты? — позвал он слугу, - Шико, сколько я буду ждать? Где ты старый плут?

Дверь отворилась, и на цыпочках вошел Шико. Он был стар, горбат и седовлас, но служил верой и правдой своему господину. Шико держал кувшин с теплой водой и полотенце.

- Лучше бы ты принес мне какое-нибудь лекарство… И Филип громко чихнул…

- Сир, Вам наверняка помог бы святой Грааль г-на Де Моля.

- А Грааль, действительно, существует?

- Люди говорят, что существует, также, как и несметные богатства ордена Тамплиеров.

- Орден… Де Моль… Сколько времени, еще, я буду слушать о них? Мое королевство в долгах, как в шелках…. А этот Де Моль насмехается надо мной. Вот, что, Шико, я хочу Грааль…

- Но тамплиеры добыли его в честной борьбе…

- Наверное, ты не понял. Если король Франции чего-то хочет,—значит он непременно это получит. Вели Клеберу подняться ко мне.

—Вы спрашивали обо мне, Ваше Величество?ǁ, - Клебер застыл в глубоком поклоне. Он стоял за дверью, подслушивая разговор и как только король упомянул его имя, появился перед Филипом IV-м. По должности своей Клебер ведал финансами королевства, но про него говорили, что он занимается самыми темными делами короля.

- Клебер! – начал Филип, - Я не хочу больше слышать имя магистра ордена Тамплиеров, мерзавца Де Моля!

Клебер привыкший с полуслова понимать желания короля, несколько опешил. Король и так сказал лишнее. Видимо, он был очень зол. Одно ясно: Клебер должен избавить короля и Францию от тамплиеров…Он понимал, что вовлекать короля во все детали, вовсе необязательно. Напротив, Филипу не нравилось знать: —Каким образом? — Он, как и все короли принимал, исключительно, конечный результат. И этот результат должен был быть положительным для короля! Клебер понимал, что король периодически меняет свою свиту, но он сумел, искусно, лавируя между различными партиями и выполняя все прихоти Филипа Красивого, довольно долго, выживать в приближении короля.

И все же он сказал вслух, что он намерен делать. Я уже говорил, что Министр Финансов Его Величества предвосхищал любые события и имел свои подходы ко всем или почти ко всем королевским придворным. В нужный момент нужно было всего лишь дернуть за необходимую нить. За это король его и ценил…

Клебер колебался… Какой путь избрать? Такого могущественного соперника у него еще не было… И поэтому Клеберу нужен был совет короля…

- Есть двое пройдох, члены Ордена Тамплиеров, Скин де Флориан и Ноффо Деи - несмело произнес Клебер,- Они запутались в долгах и готовы оказать любую помощь Его Величеству…

- Какое мне дело до них? – поморщился Филип, - Мне нужен Грааль и признания верхушкой ордена в их постыдных деяниях…

- Разумеется Ваше Величество, - Клебер склонился в поклоне.

- Ступай.

- Доброго Вам дня, Ваше Величество…

Разное.

Опущенные жалюзи мешали лучам солнца пробиться в комнату. В полумраке можно успокоиться и сосредоточиться на том, - о чем стоит подумать… Сегодня в городском автобусе на меня ополчился, сидевший, рядом со мной, дед. Я спросил по-русски у разговорившей между собой русскоязычной пары: "который сейчас час", и дед не заставил себя долго ждать: "Понаехали. Разрушили нашу страну…". "Ваша страна — сборище фарисействующих и невежественных хамов." – огрызнулась девушка. "Бандиты! Сутенеры! Рэкетиры! Езжайте обратно, откуда вы приехали"! – разошелся дед. Девушка пожала плечами и видимо собиралась что-то ответить, но я уже не слушал… Я, второпях, вышел на ближайшей остановке, оставляя всех троих в эпицентре "интереснейшей" дискуссии.

Когда я приехал на работу, меня ждали очередные неприятные сюрпризы. Электрофорез не вышел… И так продолжалось уже третью неделю. Я поменял реагенты… Я даже взял новые растворы в другой лаборатории. Тщетно. Лишь Вильям Рошти, очередной раз ухмыляясь, спросил: "Ну как твои эксперименты? У тебя есть новые результаты?" Да Злохерсон, проходя мимо меня, растаял в улыбке: "Как дела Володя?" и сунул ладошки в задние карманы своих штанов парадируя, по всей видимости, заведующую лабораторией Каинмана, Жаклин, которая, как-то раз, не стесняясь сунула свою правую руку в левый задний карман моих штанов…

Используя "проверенный" метод борьбы с саботажем, я сижу за лабораторным столом двое суток, чтобы вышел хоть какой-то эксперимент. В конце концов, я не выдерживаю, склоняю голову и засыпаю. Мне снится, что я нахожусь в средневековой Франции… Я скачу верхом на коне по каменному мосту к открытым воротам замка. Мой плащ развевается по ветру. Мои щеки горят ни то от мороза, ни то от погони. Я безжалостно хлещу коня, ведь от моей миссии зависит судьба ордена Тамплиеров. Из окна башни видно, как горит свеча. Меня ждут. Но за мной по пятам идут люди короля. Я поворачиваюсь и стреляю из арбалета. Один преследователь, пронзенный стрелой, падает с лошади… Кто-то нагоняет меня и пытается поразить мечом. Я выхватываю свой меч, принимаю им удар и наношу контрвыпад… Человек сползает с коня, едва вскрикнув…

Вдруг, навстречу мне несется Лисицкий в доспехах, на коне, в металлических заплатах и с копьем на перевес… "Смерть тамплиерам"! - ревет Лисицкий. "Да здраствует Де Моль"! — кричу я в ответ. Не остановив коня, на полном скаку, я прыгаю на лошадь одного из преследователей. Сбросив наездника, я перехватываю его копье.

И вот, мы мчимся с Лисицким навстречу друг другу, полные одержимости уничтожить врага. Но что это? Мою руку прокалывает предательская стрела... И у меня уже нет сил ударить копьем Лисицкого... Но мы все-таки сталкиваемся... Наши копья ломаются, и оставшись в седлах, мы скачем прочь друг от друга...

Я не успел опомниться, как меня настигли, и приставили кинжал к горлу, больно скрутив раненую руку... Но мой конь тащит меня к развалинам старого здания. Я врываюсь через полу достроенную, деревянную стену в подвальную комнату, прикрывая лицо руками. Какая-то балка обрушилась мне на плечи. Я падаю с коня, перекатившись и распластавшись по полу. Меня крепко сжимают. Но затем ставят на ноги, отряхнув и ослабив хватку, вручают мне меч... В дальнем углу комнаты находится стремянка. На ней стоит привязанная Жаклин с кляпом во рту. "Ну же", - нетерпеливо командует стоящий рядом начальник стражи. Я было делаю пару шагов к стремянке, но молниеносно разворачиваюсь и вонзаю меч в грудь ничего не успевшего понять стражника...

Картина моментально меняется, как в калейдоскопе... Я уже стою без рубашки, с голым торсом на крыше небоскреба, обдуваемым ветром от лопастей вертолета. Передо мной в бронежилетах и касках, сидят в вертолете Вильям

Рошти и лаборантка Татьяна. Оба, не отрываясь, холодно смотрят на меня. "Ты совершил ошибку", - сквозь зубы прошипел Рошти, и вертолет взмывает в небеса, становясь еле заметной точкой, пока не исчезает совсем в безоблачном небе…

Я просыпаюсь. В голове шумит… Я подхожу к крану, наливаю стакан воды и взахлеб выпиваю его, вытирая рот рукавом рубахи…

******

Долгий день догорал пышным закатом. Солнце еще освещало рванные куски неба, но прохладная, бархатная ночь брала свое, затемнив большую часть небосвода, кроме розового горизонта на Западе.

Широкоплечий, поджарый психолог (или психотерапевт, уже не знаю точно) уставился на меня, подперев накаченную руку и задал вопрос: "Не хочу ли я покончить с собой"? (не первый психолог задающий этот вопрос). "Нет, не хочу", - ответил я, искусственно, бодрым голосом. (Наследующий день, Вильям Рошти передразнивал меня, играя шариковой ручкой, - Как настроение? Не хочу ли я сходить к психологу? На визите у него надо быть откровенным…)

- Вы обещали мне, что это когда-нибудь кончится. Ведь так? - безнадежно огрызнулся я.

- Так, - неуверенно протянул психолог, - Все зависит от положения в стране и в мире. Принимайте пока лекарства, которые я вам приписал.

- При чем тут, положение в стране? Я хочу нормально жить, как все люди…

- Я же вас предупреждал, чтобы вы отказались от проекта…. Вы упрямый нарцисс… Непременно приходите ко мне, если что-то случится на работе или дома…

Я хотел, было, что-то возразить, но невидимые путы сковали меня. Я весь задрожал и лишь выпалил, вопреки, своему желанию: "Безусловно" … В тот же вечер по русскоязычному радио повторяли по поводу и без повода: "Безусловно" … А радиоведущая Татьяна Барич еще долго в своих передачах употребляла это слово…

- Принимайте лекарства… - сказал психолог.

- А без них нельзя?

- Нет, без них нельзя. Вам будет очень плохо…

Насколько плохо, я уже почувствовал, когда забыл однажды, принять эти чертовы таблетки. Каждый шаг отстукивал в моей голове барабанный бой. А сама голова была не своя: то кружилась как заводная, то неистово болела… Неужели меня посадили на эти лекарства как на иглу?.. Неужели мне придется до конца дней своих принимать их?..

Дома, опять распоясалась соседка Шули. Она методично разбрасывала шарики. Среди полной тишины, стук ударяющихся об пол и катающихся шаров, действовал на нервы… Шули, вообще, не отличалась легким нравом… Как только мать въехала в этот дом, Шули прибежала к ней и размахивая руками громко протестовала против ремонта у матери в квартире, против использования законной площадки для машины. Она даже ухитрилась отключить лифт, чтобы рабочие не могли поднять строительные материалы в квартиру матери…. Когда Шули нас залила водой, и штукатурка на потолке и стенах не только полопалась, но и местами появился грибок, - Шули наотрез отказалась платить за ремонт нашей квартиры. Я хотел, было, обратиться к адвокату, но мать зашикала на меня… Мол не стоит связываться с криминалом… Шули, дескать, угрожала ей ограбить квартиру… "И никакая полиция не сыщет"…

И все-таки мне удалось уснуть…. Но ненадолго… Я проснулся в поту после того, как какой-то здоровяк, в белом халате с силой вкручивал мой половой член в мошонку, во сне. Напрягши все тело, я попытался встать с кровати, или сопротивляться, но лишь сумел на пару мгновений поднять голову, которая затем бессильно упала на подушку. Руки, не слушаясь меня, как плети, свесились с кровати. Взяв садовые ножницы, этот с позволения сказать, "медбрат" отрезал мой penis и бросил его на пол. ‫נראה אם תהיה לך עכשיו זקפה.‬(посмотрим, будет ли у тебя, сейчас, семяизвержение. Ивр.), - Сказал медбрат, смеясь, и раскрыв рот с золотыми зубами. Мне, и после того, как я проснулся, казалось, я чувствую острую боль и слышу несносный голос. Я готов был поклясться, что этот голос звучал на конкордийском радио, еще, задолго до моего отъезда в Америку…

В небе светила полная луна, разрезанная надвое грозовыми тучами. На холме, покрытом хвойными деревьями, завыл одинокий волк. За стеной кашляла мать. Врачи подозревали, что у нее воспаление легких. Знакомая матери (ставленница спецслужб) предупредила меня, взяв меня под руку. Ваша мама станет часто болеть, если вы продолжите говорить о Сержио Каинмане. Так, теперь понятно, что за люди поддерживают Каинмана… Осталось выяснить, кто насылает неприятные сны… Или для своих игр, стороны разбились на команды, которые на самом деле объединились против меня и моей семьи… По всей видимости, спецслужбы поддерживают Каинмана. По крайней мере некоторые из них… Еще бы, они ведь приложились к дезинформации обо мне и моей семье. Недаром, психолог, которого эта мамина знакомая порекомендовала, сказал мне назидательно: "У вас выскачет Герпес, и сломаются электроприборы дома много-много раз, поскольку вы говорите лишнее". И внезапно, он выпалил:" Not yet, - если вам ваш бывший ментор напишет эти два слова, значит статья не опубликуется нигде". Накануне, я получил e-mail от Сержио. В нем в ответ на мой вопрос, - имел ли Каинман возможность просмотреть мой манускрипт? - была написана короткая фраза: "Not yet".

В писанине брошенной и скучной

Я искал отдушину свою.

Вечерами длинными и душными

Обмануть пытался я судьбу.

Только ее ведь не обманешь.

Шелестит опавшая листва.

В зареве заката, от пожарищ

Виден свет из моего окна.

Видно, такова моя дорога:

Выбитые камни, полынья,

Холодящая, грудь мою, тревога, -

Будто переломанная жизнь моя

И столкнувшись лбами на подмостках, -

Мне ли выбирать врага себе?

Я иль Он?- Чье дело на допросах

Вдруг всплывет в заклятой полынье?

Я взял таблетку от бессонницы и на рассвете уснул. Мне приснился парень из лаборатории Каинмана. Он вел допрос с пристрастием…

- Где плазмид, который ты украл у Сержио Каинмана?

- Не знаю…. Наверное, в старом, обветшавшем гараже…- Выпалил я, покрутив затекшие, связанные за стулом руки…

- В гараже, возле дома? – Ввязался в разговор, сидящий на столе полицейский с пистолетом на ремне. – Ты сволочь, не увиливай. Мы все равно найдем плазмид и выведем тебя на чистую воду…

Студент Каинмана успокаивающее положил руку на плечо полицейскому, затем откинулся в кресле и продолжил: "Володя, мы не желаем тебе зла, поверь мне. Ответь, где находится плазмид, и мы тебя непременно отпустим… - Он закурил сигарету, выпустил дым, слегка качнулся в кресле и продолжил: "И вот еще, что. Второй сигнальный комплекс на митохондриальной мембране…

Расскажи нам про него" … При этом, он наклонился вперед, пристально посмотрел мне в глаза и выдохнул дым от сигареты мне в лицо.

Зацепив пальцами концы веревок, я развязался. Бросившись к столу, я схватил, лежащий на нем нож для бумаг. Но полицейский вынул болтавшийся без дела, черный пистолет и выстрелил в меня в упор…

В этот момент я окончательно проснулся, очутившись на полу и прикрыв лицо конспектами. Я не понимал, о каком гараже шла речь. Ни в Киеве, ни в Конкордии, ни в Америке у меня или у моих родителей никакого гаража не было и в помине…. А все плазмиды и клетки, я отдал лаборантке Каинмана за полгода до отъезда…

Солнце уже стояло высоко, освещая улицы неровным светом. Оно скатывалось по черепичным крышам на мостовые и стучалось в окна, зазывая сонных жителей выйти на улицу. Пора одеваться и идти на работу.

Мелькай, мелькай по сторонам, народ,

я двигаюсь, и, кажется отрадно,

что, как Улисс, гоню себя вперед,

но двигаюсь по-прежнему обратно.

—Иосиф Бродский

Падение Акры.

Шел 1291-й год от Рождества Христова. Дела крестоносцев уже не шли так хорошо, как прежде. Фактически, они были изгнаны из всей Земли Обетованной. Не взятым остался их последний оплот, крепость Акра. Осада Акры является, по сути, зеркалом Крестовых походов… Длинная череда предательств королей Арагона и Сицилии а также генуэзцев, главных защитников Триполи, заключивших оборонительный союз с египетским султаном Килавуном, бегство из Акры короля Генриха II на Кипр со своим войском…, наконец измена в стане тамплиеров, сопутствовали отсутствием единого руководства у крестоносцев. Госпитальеры, тамплиеры, тевтонцы подчинялись своим командирам, войны Генриха II, - королю Кипра и Иерусалима. Такой полный титул был у короля Генриха, хотя давно уже Иерусалим не был частью его королевства.

Кроме того, тяжелые рыцари, чувствовавшие себя в бою на открытой местности, как рыбы в воде, были мало приспособлены к схваткам на крепостных стенах и в городе.

Надо отдать должное султану Килавуну. В короткий срок он создал весьма боеспособную армию и перебросил ее из Египта под стены Акры, что явилось полной неожиданностью для крестоносцев. Правда, сам он не сдержал данное себе обещание, - выгнать неверных со всей Святой Земли. Он умер в дороге…. Его дело продолжил его сын, Альмелик Азашраф, столь же непримиримый к христианскому врагу.

Неоднократно, мамлюки, успешно используя стенобитные орудия, прорывались через разрушенную внешнюю стену вглубь города. Но каждый раз, защитники города, путем неимоверных усилий и жертв, отбрасывали их за пределы крепостной стены. Затем, воодушевлённые победой крестоносцы, сделали несколько удачных вылазок.

Де Моль участвовал во всех атаках тамплиеров. Вот и теперь, он находился по правую руку от магистра ордена. В палатках неприятеля, его конь запутался в веревках и Де Моль не мог продолжать движение…

Тем не менее, могучей рукой он изрубил двух мамлюков…. Вылазка была неудачной. Выпущенная из крепости стрела, явилась предупреждением для осаждавших. Они подготовились. Немало рыцарей попало в плен. Позднее, они были обезглавлены.

Лишь вернувшись в крепость, Де Моль узнал о гибели магистра, которому стрела пронзила бок и он, упав с лошади прошептал: —Боже мой, Я убит. Что станется с Акрой?

Де Моля, тут же рекомендовали на должность магистра ордена.

- У него есть склонность искать нестандартные решения, - говорили одни.

- Он резок в суждениях. У него нет таланта дипломата, столь необходимого для ведения переговоров с Папой и владыками Европы, - возражали другие.

- Он смел и напорист, - продолжали те, кто горячо поддерживали Де Моля. И они победили.

Де Моль стал магистром ордена Тамплиеров. Последним магистром… Он был так же последним, кто руководил орденом в битвах на Святой Земле. Незадолго до падения Акры, Де Моль эвакуировался на Кипр вместе с казной ордена. Одним из последних он покинул опустевший город.

Девушки.

Как можно было мне совладать с тем огромным количеством девушек, которые буквально вешались на меня в последний год пост доктората у Каинмана. —Атака девушками началась, когда стало понятно, что я ухожу… Девушки знакомились сами, стоя со мной в очереди в кафетерий или по дороге домой, или на стоянке машины, или подстерегая меня при выходе из корпуса, где я работал… Бойкие продавщицы в кафетерии и кассирши в супермаркете пытались меня разговорить и намекали на Date…

- Вы, не подскажите, - где остановка автобуса?

- Нет, - на всякий случай соврал я.

- Я приехала из другого города и ничего, и никого в Сан-Франциско не знаю…. Может, мы сходим попить кофе…

- Не сегодня. Я дам вам номер своего мобильного телефона…

Или был такой случай. Олежек пригласил меня попить кофе…. В кафетерии, он, стоя в очереди, впереди меня, перед девушкой, продающей кофе, кивнул ей на меня. Как-то раз, эта девушка по простоте своей разоткровенничалась со мной и спросила меня, - "Не могу ли я помочь ей найти работу"? Я рассказал об этом эпизоде Олежеку…. Тот так взорвался, что невольно, почти, сломал пипетку в руках, - "Вот дура"! - в сердцах воскликнул он.

Я, обычно, или проявлял полное равнодушие, или давал чрезмерно навязчивым особам свой номер телефона, не спрашивая у девушек их номера. Равнодушие – смертельная обида для женщин...

И она пожаловалась.

Меня вызвали в кабинет и стали читать мораль, проверяя мою реакцию: "А что, если сказать твоему босу"? ...

Я пропустил этот вопрос мимо ушей и начал свою защиту.

- Ну, во-первых, у нас был date.

- Один раз, - и тщательно заточенный карандаш, словно, продлевая ось указательного пальца, взмыл вверх рядом с веском служащей.

- Да, но спустя несколько дней, она дала мне номер своего мобильного телефона...

- А потом?

- Потом, через неделю, видя, что нет никакого продвижения, я написал ей письмо и закончил его так: —I wish you only the best. Goodbye. Еще, спустя, несколько дней Janet (так ее звали) послала мне e-mail. Замете, адрес своей электронной почты я ей не давал... Я ответил, и между нами началась переписка

- Я хочу видеть эти e-mails.

И это я тоже пропустил мимо ушей... и продолжал.

- Несколько раз в своих письмах я вопрошал? – "How many times I have to write you: —I wish you only the best?" Но она продолжала мне писать...

Карандаш выпал из рук на стол и скатился на пол. Но я еще не поставил победную точку.

- Два месяца я не общался с Janet. Почему она вдруг позвонила мне? И я показал свой мобильный телефон с ее "входящем" номером.

- Случайно? Слишком много случайностей...Я сумею защитить себя в любой инстанции, даже если потребуется взять адвоката. - С этими словами я встал и вышел из кабинета. Судьба матча решилась в первом тайме...

Я продолжил думать об этой истории.... Как Janet заигрывала со мной при свидетелях..., которые почему-то воротили головы от нее, боясь встретиться с Janet глазами (я вспомнил Ганса и южнокорейского постдока Парка, который работал вместе с Антошкой над совместном проектом) ... Они оба наверняка что-то знали... Вот незадача, А? Как она использовала меня, когда я делал для нее FACS experiments.... Но тут подошел

Злохерсон и гневно сжал мне руку, опустив меня на землю...

Однако, я вспомнил предсказательницу Маргалит, с которой меня познакомила долговязая Лили. Да-да, та самая, которая работала прежде у Злохерсона. Маргалит мне сказала, что в лаборатории Каинмана, я должен работать с "умным" пакистанцем и встречаться с таинственной девушкой из Европы. Маргалит дала еще пару поверхностных деталей к портрету Janet... Я их опускаю.... В общем, это была запланированная Злохерсоном и его "друзьями" акция... "Умный" пакистанец провоцировал меня четыре года и занимался саботажем, наливая дерьмо мне в клетки, подговаривая лаборантку не делать мне genotyping мышей..., подстрекая против меня других постдоков и Жаклин... К тому же, он воровал мои идеи, выдавая их за свои, подслушивая мои разговоры с другими постдоками, подсматривая, стоя за моей спиной, мои графики в компьютере, которые я еще не успел показать на лабораторном митинге или напрямую спрашивая моего совета о своем проекте (про эти разговоры он никому не говорил)... Недали дружил с Ганцем и оба жужжали вокруг моего рабочего стола днями на пролет, изнемогая от скуки, никчемности и злобы. Все это "ясновидящая" не знала или не хотела знать.... Она, лишь, то ли с грустью, то ли с досадой, сказала, непонятно от кого узнав: "Ну что же, раз вы получили стипендию, - Работайте" ...

Моя рука выпала из руки Злохерсона, и он поспешно скрылся в своей лаборатории.

В дни немыслимых знакомств я, особенно, часто думал об Эми. Если бы стало возможным, я бы ползком добрался из Калифорнии в Бостон…. Наверное, я жалел себя, ведь, я отдавал себе отчет, что нам не было суждено соединиться вместе на всю жизнь, даже если бы мы оба остались в Денвере… Чувства, возникшие из-за жалости к себе, это что угодно, но только не любовь….

Так в далекой молодости, в Киеве, я встретил девушку, казавшейся сродни со мной по гордости. В ее спадающих длинных русых волосах скрывалась золотая осень. Ее маленькие упругие груди вносили сумятицу в моих неокрепших, пост подростковых мыслях. Смотри, выучи все, - протягивая свои конспекты лекций, говорила, улыбаясь мне, отличница. А я… Я испугался. Я не был ни отличником, ни альфа-самцом, ни мачо. Моя гордость была раздавлена моим малодушием…, которое указало мне мое истинное, мало завидное место, - возле смазливых, но не очень умных и себялюбивых женщин… Жизнь только начиналась, но я припадал к земле под гнетом неумолимого приговора. Я хотел чего-то другого, но не был достоин, да и не встречал уже это – "другое" .... Шанс в жизни дается не часто, и счастлив тот, кто использует его.... И не говорите мне, что "все, что не делается, - все к лучшему" ... Это пустые бредни для конченных неудачников.... Жизнь – это некий, дикий мустанг, которого надо уметь обуздать.... И для этого, необязательно быть альфа самцом или мачо, или даже отличником...

Пожалуй, главный итог моего американского опыта,—это чувство реальности. Вот, только, пришло оно ко мне слишком поздно....

По Смоленской дороге - метель в лицо, в лицо,

всё нас из дому гонят дела, дела, дела.

Может, будь понадежнее рук твоих кольцо -

покороче б, наверно, дорога мне легла.

По Смоленской дороге - леса, леса, леса.

По Смоленской дороге - столбы гудят, гудят.

На дорогу Смоленскую, как твои глаза,

две холодных звезды голубых глядят, глядят.

—Булат Окуджава

В пламени твоем…

Что касается Олежека… Этот человек меня подсиживал, может быть не так, как Недали… Но в последний год моего пребывания в лаборатории Каинмана, он решил, что может иметь неплохие дивиденды от того, что я ухожу… Олежек это называл” выигрышной ситуацией”. – “Понимаешь старик, моя жена устроилась в лабораторию, где “выигрышная ситуация”. Постдок ушел из лаборатории и оставил проект. Жена продолжит этот проект и быстро опубликуется”.

Да, Олежек держал свой большой, как картошка, нос по ветру и умел выживать в нашем “отряде быстрого реагирования”. Также, как Недали, он использовал ложь Лисицкого и Злохерсона для моей травли в лаборатории. Также, как Недали он был доносчиком, рэкетиром и сутенером. Также как Недали он пользовался поддержкой телевиденья…. Вот, только, у Недали были еще свои люди в профсоюзе студентов. Зато Олежек прослушивал мои домашние, телефонные разговоры… Необычная для постдока функция…

Ну, не мог Олежек не отломить кусок пирога, если пирог лежал на столе…. Если швейцарскому профессору (светилу в области иммунитета, недавно скончавшемуся на лыжном курорте от инфаркта) можно взять из щедрых рук Сержио большую часть второго моего проекта (не спросив меня, и не дав мне ничего взамен., зато у швейцарского профессора статья вышла в Nature Magasine), то почему же ему, Олежеку нельзя…

"Володя, пошли попьем кофе", - предложил он. Я согласился, и мы пошли в кафетерий, который находился при университетской библиотеке. Слушая мимолетом непрерывное урчание Олежека, я обратил внимание на книгу, стоявшею ребром на полке. Ее название было "Спартак, - Народная Команда". Какое совпадение: Олежек тоже болеет за Спартак… Я переводил взгляд с книжной полки на Олежека и обратно на книжную полку. Меня удивляло, что на самом видном месте в американской библиотеке находилась книга на русском языке… Мне вспомнился матч в Москве. Клуб "Динамо" Киев играл с одной из московских команд. Диктор телевиденья, плохо скрывавший свои симпатии, почти орал в микрофон: "Журналисты фотографы и болельщики скопившееся за воротами Киевского Динамо, - все ждут гола" … Не дождались… Киевляне выиграли матч.

Олежек пробовал некоторые из своих грязных приемов. Он жаловался на меня Жаклин, что я не хочу с ним работать и что я посмел строить планы о работе над ТН-17 лимфоцитами. А ведь это его Олежека "неприкасаемая область" … "Мама наших бьют" … Он также пытался шантажировать меня тем, что не даст мне мышей, за которые он ответственен в лаборатории, если я не поделюсь с ним проектом.

От себя добавлю, что Олежек не совсем виноват: Я, ведь, повел себя по-детски, в совершенно недетской игре…. В конце концов, он меня предупредил, что лучше лететь домой в Конкордию не из Сан-Франциско, а из Лос-Анжелеса… Интересно, откуда он это знал?

К своему несчастью, я его тогда не послушал… А зря. Полет был из ряда вон выходящий…Вокруг меня крутились странные люди… Задавали странные вопросы… Суетились флиртующие стюардессы и соседки… Невольно, обернувшись назад, я встретился глазами с мужчиной, копировавшего одного из моих психологов в Канкордии. И тогда, я взял открытку, на которой был изображен самолет авиакомпании, пробитый стержнем…. Эти открытки, на липучках, раздали нам услужливые стюардессы. Повертев открытку в руках, я прилепил ее к спинке сиденья напротив вверх тормашками, на краю сиденья, чтобы видно было сзади. Получился член с лепесточками…. Затем, я закрыл глаза и сделал вид, что сплю, пока действительно не уснул.

Когда я проснулся, обнаружил, что у меня перетрясли ручную кладь, уронив на пол самолета, купон багажа и прихватив мой паспорт. Это была вторая потеря паспорта за полгода.

Прилетев в Конкордию, я пожаловался в полицию и стройная, улыбчивая полицейская, исчезнув на какое-то время, появилась с моим паспортом в руках... "Держись поближе конкордийцев", - посоветовала она мне.

Легко сказать...Таких конкордийцев, каким был мерзкий пройдоха Лисицкий, - я знать не хотел... С раннего детства он занимался нумизматикой, покупая дорогие древние монеты, не понятно, на откуда взявшиеся деньги... Когда Лисицкий поступил учиться на фармацевта, у него появились новые хобби. Лисицкий слонялся от паба к пабу в поисках выпивки, доступных девочек и жареных новостей, которые он пересказывал потом, кому надо... Он был осведомителем, наверное, с рождения, и многое ему прощалось. Лисицкий четыре года подряд списывал университетские экзамены... и в результате все-таки умудрился получить удостоверение фармацевта... Он преподавал канкордийский язык несовершеннолетним эмигранткам и пользуясь своим положением, переспал с некоторыми из них.... (Одну из них он, даже, пытался сосватать мне). Пресытившись земными удовольствиями, Лисицкий стал колоться героином... Он, зачастую, рассказывал своим покровителям откровенную ложь о собутыльниках... Ненависть и ущербность, эгоизм и зависть, - все это двигало Лисицким. Он не мог простить тем, кто учился на третью степень, поскольку сам был отчислен за неуспеваемость со второй степени… Он помнил малейшие обиды и мстил всем, у кого была налажена личная жизнь…. Ангелина Пустовойтова вышла замуж за другого, не за него… Я имел неосторожность встретиться с ней в кафе и, кроме того, я готовился уехать на пост докторат в Америку. Нашему общему знакомому я привез сувенир из Америки, а Лисицкому нет…. Я рассказал Лисицкому, что мне нравится музыка из кинофильма "Свой среди чужих, чужой среди своих". И вот уже все, окружавшие меня, узколобые доносчики в университетском кампусе залепетали о моей неблагонадежности…

Да мало ли, что могло прийти в воспаленную голову Лисицкого…. И он не простил, ни мне, ни Ангелине… Его наглая ложь распространилась по всему кампусу, а потом последовала за мной в Америку… Злохерсон только и ждал, чтобы отомстить мне за то, что я ушел от него в лабораторию Гренке. Ну, и, конечно, оба за эту ложь кое-что получили…

Лисицкий делал все быстро. Быстро ел шварму, ублажая ненадолго свое вечно ненасытное чрево, перед походом в бар. Быстро списывал экзамены и контрольные у своей бывшей подруги. Быстро бросил ее, когда необходимо было сделать выбор. Быстро-быстро доносил, когда мог получить дивиденды…или скрыть свои собственные огрехи…

Кому в Сан-Франциско?.. Стоит ли перечислять всех моих доброжелателей… Лисицкий нашел Злохерсона, а Злохерсон нашел его, Лисицкого… Злохерсон знал как "продать досье" на студентов или даже на профессоров. Передав ловко-сотканный "компромат" на меня в Денвер, Злохерсон мог спокойно отойти от дел, поскольку знал, что "досье" последует за мной всюду в Америке, да и не только в Америке… Он разъезжал по университетскому кампусу в своем новеньком, не по профессорскому карману джипе фирмы Лексус, давая понять всем: состряпать дело можно на любого…

А в свою очередь, Сержио Каинман бросал десятки таких "досье", вместе с их фигурантами в бурную реку лабораторной жизни и смотрел, - кто выплывет, а кто нет. Иногда, если Сержио и постдока интересы сходились, то "добрый" Каинман подавал спасательный круг на время… А иногда, и бил веслом по голове…

В последний свой визит в Сан-Франциско, я встретился с профессором Каинманом в мексиканской закусочной (До сих пор скучаю по увесистым буритос с темным пивом). В течении всего нашего разговора, он изворачивался. Каинман и не думал пальцем пошевелить, чтобы опубликовать мою работу. "Узнаешь эту закусочную"? - предостерег он меня в начале нашего разговора... Как же не узнать? Я два дня сидел в обнимку с унитазом... Только отравили меня не здесь, а в кафетерии куда я зашел после обеда в этой закусочной..., за то, что я якобы(!) был связан с теми, кто писал в научные журналы жалобы о фабрикации статей Каинмана... Это был бесстыдный, сотканный грязными нитками донос Олежика и Антошки! Каинман, разумеется, знал это, но он и здесь превзошел себя. Каинман попытался заткнуть мне рот и заодно поссорить меня с латиноамериканцами...

Нужно было немедленно, что-то сказать... Но что? В голове вертелась бессмысленная, ничем, не помогавшая, хаотичная мозаика, которая мешала мне сосредоточиться... Вот, я на водном катамаране, вместе с отцом... Я ныряю в воду... Не то... Вот, я держу изворачивающуюся камбалу за жабры и кричу отцу, чтобы он пришел мне на помощь. Не то... Я поступил в мединститут первого августа. Через три года, первого августа я вернулся в Киев... Еще, через два года, первого дня, восьмого месяца, я впервые посетил Иерусалим... Я родился в 1970-ом... первого августа того же года умер Отто Варбург... Стоп! "Варбург эффект"! В этих мышах нельзя исследовать рак из-за нарушенного "пентозофосфатного шунта" ..., - вырвалось у меня с хрипом. Поднявшейся, было, Каинман присел на стул. Он потянулся в карман за платком, чтобы вытереть проступающий пот со лба… За соседним столом громко хлопнули в ладоши. Олежека проект, как Титаник, натолкнувшись на плавучий айсберг, пошел ко дну…

Человечек в черном сюртуке исполнил слово. Он перенес меня на два года вперед…. Только, я не был этому рад.

Нас цвет оранжевый так тянет,

так нам проходу не дает.

Ему поддавшись, тело тает

и телом быть перестает.

Но пуще мы огонь раскурим

и вовлечем его в игру,

и снова мы собой рискуем

и доверяемся костру.

Вот наш удел еще невидим,

в дыму еще неразличим.

То ль из него живыми выйдем,

то ль навсегда сольемся с ним.

—Белла Ахмадулина

Конец.

И все же, они согласились. Согласились, что следствие, инициируемое королем, расследует деятельность ордена, проверит их счета, допросит их членов и даже самого магистра.

Умберто Эко пишет, что тамплиеры, как и все крестоносцы, были сумасшедшими… И действительно, только сумасшедшие могли согласиться на проведение обширного расследования их дел… Неужели, они так уверены были в своей невиновности или в справедливости суда? Но, возможно, у тамплиеров, просто, не было другого выхода. Попробуйте, скажите: "Нет" монарху…

Они лишь отодвинули свою погибель, но не избежали ее.

Вначале, следователи вели себя подчеркнуто вежливо. Но очень скоро уговоры и пожелания сменились колёным металлом и железной девой…

Прошли годы и некоторые не вынесли пыток и шантажа… Но магистр был также твёрд и непоколебим. И, кроме того, не было ясности, где же находятся сокровища и самое главное, - святой Грааль. Клебер работал "в поте лица своего". Он лично участвовал на допросах и пытках, разрываясь между тюрьмой и дворцом короля, обо всем ставя в известность Филипа.

Он, даже, пошел на хитрость, - Спрятал учетные записи тамплиеров и затем объявил, что тамплиеры не хотят давать отчет о своей ростовщической деятельности и сотрудничать со следствием…

Наконец, королю надоело…

- Клебер, пять лет ты не можешь справиться с этими грязными тамплиерами… пять лет, ты испытываешь мое терпение…

- Ваше Величество, им помогает нечистая сила…

- А тебе помогает сам король Франции, помазанник божий…. Где золото, где Грааль, где признания Де Моля и его окружения?..

- Ваше Величество, мне нужно время…

- А я говорю, - у тебя его нет. Распорядись сжечь этих еретиков…. У нас достаточно доказательств… Конечно, было бы хорошо, если бы все тамплиеры уплыли бы в Крестовый поход и не вернулись бы из него…. От руки врага, враг пал… - Размышлял вслух Филип,- Нужно благословение старого болвана Клемента, и мы бросим клич ко всему рыцарству с призывом освободить Гроб Господний из рук неверныхll. А где деньги взять? Тамплиеры в тюрьме, евреи и ламбардийцы попрятались в свои норы и *перевили все счета заграницу…. Нет, у нас нет выхода и времени тоже…*

Когда Де Молю принесли весть о его казни, он сидел на ослах. Уже не в первый раз тюремщики добавляли в его еду различные зелья…. Порой у него шли беспричинные слезы и нестерпимо хотелось вырваться наружу от клубящегося, из того, что называлось камином (а попросту дымохода), едкого дыма. Он тщетно пытался разломать тюремные решетки, и отчаявшись рвал на себе одежды. Бывало, во всем теле и, особенно, в ногах наступала невыносимая слабость, сразу после еды, и он падал в изнеможении на сено…. Тюремщики кричали из-за дверей: "Господин Де Моль, вам надо отдохнуть… Езжайте в свое поместье" … Иногда, проснувшись, он испытывал нестерпимую чесотку в ногах. Видимо, что-то ему подбрасывали в камеру, пока он гулял в тюремном дворе…. В конечном счете, его попросту отравили… За два дня он облевал всю камеру…

Теперь, в какой-то степени, Де Моль испытал облегчение… Конец пыткам, конец допросам, конец мучениям…

Их привязали к столбам посреди сухих досок…. Впереди стояли палачи с горящими факелами. Архиепископ зачитал приговор. Тамплиеры его не слушали… Скоро, очень скоро они обретут вечное блаженство. Они пели…

—Не нам, Господи, не нам, но имени Твоему дай славу…

Филип махнул платком. Клебер распорядился, и факелы пробудили огонь. Де Моль задыхался от гари, языки пламени жгли тело магистра…. И все-таки он выкрикнул проклятие королю и всей его династии. Рассказывают, что оставшийся мизинец с кольцом назидательно напоминал об этом… Правда это или нет, но в этом же году умер король Филип IV, а вскоре прекратилась и династия Капетингов. Все трое сыновей короля таинственно скончались, не оставив наследника престола…

Послесловие.

Дрон летел низко над торговым центром. Заслонивши солнце, он стал сближаться со своей тенью. Внезапно, небольшие, ослепительные огоньки появились из-под его крыльев, и, тут же, раздался оглушительный треск. Многие люди попадали сразу. Другие стали лихорадочно метаться по площади, как растревоженные мыши в клетке… Я побежал вместе со всеми, но споткнувшись, упал. Рядом со мной лежал мертвый охранник. Я потянулся рукой и достал его пистолет из кобуры. Это оказалось относительно, легко сделать, так как кобура осталась застегнутой на одну заклепку. Тем временем, дрон улетел…

В новостях передали сообщение о неудавшемся военном перевороте. Многие офицеры, высшие военные чины и политики были задержаны и уже давали свои показания…. Премьер-министр распорядился о введении чрезвычайного положения. Приостановились действия конституции и свободы печати…

Я шел по университетскому кампусу, скрывая на груди пистолет. В дверях фармацевтической школы стояли нескольких полицейских. Один из них, увидев меня, дрожащими руками плохо скрывающего оружие, прицелился и выстрелил. Он попал мне в плечо. Вскрикнув от внезапной, острой боли, я побежал. Полицейские пытались меня преследовать, но мне удалось ненадолго скрыться…

И теперь, я сижу на песчаном берегу озера с наспех сделанной повязкой и жду…. Здесь, следовало бы переписать конец романа Умберто Эко "Маятник Фуко", - Вокруг так зелено, прозрачная неестественно голубая вода и… хорошо ждать, когда "они" придут за мной… И действительно, рядом, в поселке появились несколько полицейских машин с мигалками. Из них вышли вооруженные люди в полицейской форме. Они стали прочесывать дом за домом.

Ну, вот, и конец. Осталось ждать совсем чуть-чуть…. Это была последняя мысль в моей голове…. Я повернул дуло пистолета к себе в висок и спустил курок. Осечка! Я попытался выстрелить еще раз, но пистолет снова дал осечку. Разозлившись, я отбросил его в сторону, за ненадобностью. Теперь не осталось ничего другого, как ждать, мурлыкая под нос себе какую-то мелодию и тем самым, отгоняя ненужные мысли…. Но тут случилось невообразимое, - боль, тяжесть и тревога в груди от разрушенной жизни, от ненапечатанной статьи, от того, что ее кто-то может заимствовать, от общественного чтения моих мыслей и всего того, что происходило вокруг меня, прошли. Словно добрый ангел коснулся меня своей невидимой божественной рукой. Мне больше не докучали слащавые лжецы и хамившие идиоты. Я ощутил такое воодушевление, какое испытываешь только в детском возрасте.

Я перестал бояться.

Тамплие ры (фр. templiers—«храмовники»), также известны под официальными названиями Орден бедных рыцарей Христа (фр. L'Ordre des Pauvres Chevaliers du Christ), Орден бедных рыцарей Иерусалимского храма (фр. L'Ordre des Pauvres Chevaliers du Temple de Jerusalem), Бедные воины Христа и Храма Соломона (лат. Pauperes commilitones Christi Templique Salomonici)—духовно-рыцарский орден, основанный в Святой земле в 1119 году небольшой группой рыцарей во главе с Гуго де Пейном после Первого крестового похода. Второй по времени основания (после Госпитальеров) из религиозных военных орденов.

В XII—XIII веках орден был очень богат, ему принадлежали обширные земельные владения как в созданных крестоносцами государствах на территории Палестины и Сирии, так и в Европе. Орден обладал также широкими церковными и юридическими привилегиями, дарованными ему папой римским, которому орден непосредственно подчинялся, а также и монархами, на землях которых он имел владения и недвижимость. Орден нередко выполнял функции военной защиты государств, созданных крестоносцами на Востоке,

хотя первичной целью, декларированной при его учреждении, была защита паломников, идущих в Святую землю.

В 1291 году, когда крестоносцы были изгнаны из Палестины египетским султаном Халил аль-Ашрафом, тамплиеры переключились на ростовщичество и торговлю, накопили значительные ценности и оказались в сложных имущественных отношениях с королями европейских государств и папой.

В 1307—1314 годах члены ордена подверглись арестам, пыткам и казням со стороны французского короля Филиппа IV, крупных феодалов и Римско-католической церкви, в результате чего орден был упразднён папой Климентом V в 1312 году.

Материал из Википедии—свободной энциклопедии.

В прошлое давно пути закрыты,

И на что мне прошлое теперь?

Что там?- окровавленные плиты

Или замурованная дверь,

Или эхо, что еще не может

Замолчать, хотя я так прошу...

С этим эхом приключилось то же,

Что и с тем, что в сердце я ношу.

—Анна Ахматова

Часть 2

Зов в никуда 2 или из того, что не вошло в "Зов в Никуда".

I. Хроники "другого места".

"Злачное место", - указал мне Димас на падающую над городом звезду. Я замялся и не успел загадать желание. Вот так, всегда, - Я либо не загадываю желаний в местах, где надо заказать…, либо после моего тихого "полушепота", - сбывается, потом, совсем наоборот…

- Ты это, - прохрипел, откашлявшись Димас, - Начнёшь работать на новом месте… В большой семье не щелкай клювом…, - И он расхохотался своим зловещим смехом. Димас считал себя тем, кто разбирается в человеческой природе, ибо был очень общительным и с его слов - имел жизненный опыт, хотя и говорил мне не раз, что он аутсайдер. Видимо, так, он думал, что сумеет втереться мне в доверие.

- Постараюсь, - попытался подыграть ему я…

- Здесь, конечно, не Америка… М-да… Зато, в отличии, от Америки есть много мест, где история просто дышит на тебя…

- Ну, в Америке есть свои прелести. Там природа очень красивая в национальных парках и не только в них (Я вспомнил про белоснежные вершины гор и бурный, лесной ручей, в котором по пояс в холодной воде стояли терпеливые рыбаки, по дороге в Йеллоустон) ...

- Да, природа... - Он потупился и продолжил, - Смотри! Будь готов, что в Академии много говорят... - И Димас опять захохотал, вытирая слезы из глаз. –

- И не заводись со "всесильным" Злохерсоном. Он, и так, на тебя зуб держит...

Но мне было не до него и не до того, как много, говорят в "Академии" ... Тем более, меня не интересовали "молочные" зубы профессора фармакологии Йоси Злохерсона. Я думал о "другом месте" ... Оно мне снилось и казалось недостижимым, как древним троянцам - мир. Я мечтал, отвлекаясь на воровство моих фотографий электрофорезов, конспектов, протоколов (прости Господи, - на каком из континентов случились эти неприятности?) ... Я мечтал, отвлекаясь на внесение вирусов в мой лэптоп из сайта, расхваленном Олежиком. В Конкордии мне стерли всю электронную почту за последние два года пребывания в лаборатории Каинмана (когда я дал "работнику" больницы "Сорока" на починку мой ноутбук), так, чтобы я ничего не мог доказать о ведущейся против меня компании, начавшейся еще в Америке или даже раньше... Я мечтал, отвлекаясь на саботаж непосредственно моих опытов: загрязнение клеточных культур, исчезновение мышей на кануне экспериментов, "случайное" смешивание (и так несколько раз подряд) пробирок коварной коллаборанткой в Сан Франциско. "Ой, я опять ошиблась" … Я по неволе хранил плазмиды у себя дома. Когда вышел из строя холодильник, испортились и они… В итоге, Жаклин выбросила мои клетки из контейнера с жидким азотом, и мне не с чем доканчивать статью, и тем более работать над продолжением моего Сан-Франциского проекта…

Вокруг сновали занудные доносчики, неутомимые провокаторы и конченные психопаты. Мне что-то доверительно или со злостью говорили… Я не слушал…

"Надо помогать Жаклин, - Вырывать хорошее с кровью, - нашептывал вездесущий Олежек… - Да, и не рассказывай никому, что твои реагенты пропали. - продолжил он. - Не надо".

В небе замелькали серебряные блики, а по лаборатории ото всюду отозвалось глубинными голосами: "Отдай. Отдай. Ну отдай же".

Да, Олежек был рупором Каинмана…

И Каинман, в свою очередь, пытаясь найти мои "великие тайны", даже вызывал полицию, и крошечная, но деловая полицейская проверяла звонил ли я (и кому?) по телефону на "деньги Сержио Каинмана" из офиса, который он мне сам и дал, якобы для того, чтобы я дописывал свою статью... Внезапно, она как бы вспомнив, потянулась к ящику, находившемуся на полке и наполненному старыми статьями и какими-то ненужными вещами. С трудом, изогнувшись, настырная полицейская, все-таки, достала ящик, но пошарив рукой в его содержимом отстранила его со вздохом в сторону... Каинман, все это время, маячил в дверном проеме, внимательно, следив за действиями полицейской. Сержио, мнимо, шел мне навстречу, дав мне комнатенку, после того как я, по его мнению, перенес "нервный срыв" ... "Офис" представлял собой узкую, небольшую, плохо отштукатуренную кладовку, из которой наспех выгребли мусор. В нее втиснули весь в царапинах стол и кривой, ерзающий подо мной стул. В так называемом "офисе", также, нашлась телефонная розетка и мне поставили, как "роскошь", старенький, проводной, потресканный телефон. А потом выяснилось, что меня ловко подставили... Благо, я не сделал ни одного звонка по телефону из моего "офиса". Но разве это было приделом "проделок" Каинмана?

Ужас и грязь, шантаж и цинизм, хамство и невежество, - как еще можно охарактеризовать мое окружение в лаборатории Каинмана?

А теперь, что ждет меня теперь? Все, что когда-то было, - повторится снова? С новыми актерами и немного с другими декорациями... А на самом деле ребром стоит вопрос: "Могу ли я заниматься наукой и сломать себя, и стать таким, как Каинман, Злохерсон и Рошти? Не слишком ли поздно вопрошаю я? Может быть, господь сжалился и раскрыл мне глаза... Только почему? Почему он сделал это спустя так много лет?

- Ты что? – толкнув, окликнул меня Димас. - И часто с тобой такое случается?

- Да нет... Просто задумался ... - ответил я, взяв паузу.

- Идем продолжим наш разговор в баре. Я знаю, не по далеку, чудное местечко.

Мы прошли по хорошо освещенной улице к бару. Когда мы сели у стойки, Димас начал свой монолог.

Ох уж мне эти падающие звезды... Надуманные приметы...

И вообще сколько несчастных случаев произошло с людьми, когда черная кошка перебежала дорогу? Хоть один кто-нибудь помнит? Смотри все эти приметы, как "голоса" у психически больных... "Делай это. Не делай то". Наш мир населен параноидальными шизофрениками и это факт. - Сел на своего любимого конька Димас.-

Ну право, на скольких несчастных, после встречи с черной кошкой, упал кирпич, когда они мирно прогуливались возле дома? Сколько поскользнулись, наскочив на огрызок яблока, упали и поломали себе ногу, завидев весело виляющий хвост черной кошки? Сколько, зазевавшись были сбиты летящей, с явным превышением скорости машиной, сбитые с толку невинно мурлыкающей черной кошкой на пешеходном переходе?

Люди верят в приметы, молятся, надеются, обещают богу стать лучше, только бы он уберег их от несчастий, спас близких от неизлечимых болезней... Но все это пустое...

- Но все же говорят: "В этом что-то есть. Нет дыма без огня" и т.д. - пытался парировать я.

- Ага! А вот например 2 цифры в начале четырехзначного числа равны по сумме 2-м цифрам в конце. Счастливое число? "Конечно", - скажете вы. А давайте посмотрим, что произошло в 20-м веке в так называемые "счастливые" года...

1919 - Трагический перелом в Гражданской войне в России.

1928 – Начало масштабных репрессий в промышленной сфере в СССР. Коллективизация.

1937 - Бомбардировка Герники; Сталинские репрессии, которые вошли в Историю как "37-й год".

1946 - Символическое начало Холодной войны после (справедливой на мой взгляд) речи Черчилля в Фултоне.

1955 - Варшавский Договор.

1964 - Сняли Хрущева. Конец реформам.

1973 - Война Судного дня. Израиль победил, но вопросы остались...

1982- Приход гэбэшника Андропова к власти.

1991- Реакционный путч в России. Он хоть и был подавлен, но ненадолго...

- Ну а гадалки? Разве они всегда врут?

- Опять ты за свое. Врет твой Каинман. Безбожно врет. Врет, когда представляет сфабрикованные данные. Врет, когда на очередного бедолагу навешивают мыслимые и немыслимые грехи. И поверь мне, - Каинман не верит в приметы... Для него порядочность звучит, как патология, а энциклопедичность как порок...

- Ты опять будешь обвинять Каинмана в фабрикации данных?

- Да.

- Тебя снова выведут из зала. И на этот раз побьют...

- Не боись. Мы свое дело знаем...

Тут подошла официантка и налила нам пиво.

- И где теперь ты будешь его преследовать? Из лаборатории тебя выгнали...

- Вот посмотри, - и он достал пропуск на конференции в Keystone.

Мы выпили тёмное пиво, заедая его буритос. Потом пили еще и еще...

Уже глубокой ночью, выйдя из бара, он кивнул мне и прощаясь сказал:

- Беги не прямо. Не по кругу, а по диагонали...

- Что? Что? - переспросил я

- Играть с Злохерсоном, как и с Каинманом, в русскую рулетку, - задача не из простых...Ну прощай. И он свернул в темный переулок.

Я чувствовал, что Димас хочет сказать что-то ещё, но не стал задавать лишних вопросов...

Грубо ткнув меня плечом, из бара выскочил незнакомец, который сидел напротив нас и что-то непрерывно писал, не поднимая головы. Незнакомец, не извинившись, быстрым шагом скрылся в переулке вслед за Димасом...

Холодный порыв ветра обдал мне лицо. Я поднял воротник и пошел домой.

Мне кажется, что я троянец.

Приник к щиту на стене Трои...

Так годы я провел

(Упорство мне не в радость),

Заняв над степью круговую оборону.

Мне кажется, что я троянец.

Не слыша лязганья оружья,

Коня тащу я в город тупо.

И я пронзен копьем тщедушно.

(Не вынести мне муки больше смертной…)

Мне кажется, что я троянец.

Италия! – Спасение пол дела…

О боги, еще мой не пришел конец.
И жизнь начать с начала не опостылело…
(Глупцам, – Надежда, - мне не знать ли это?)

II. Дома.

Я вышел на балкон и посмотрел на "внеземной", зимний вид с моей квартиры. Одинокий фонарь на улице освещал высохшее дерево, с которого опали все листья. Со стороны могло показаться, что это древние кости динозавра на дне пересохшего русла реки.

Короткая зима в Конкордии не похожа на зиму в России… Здесь не только теплее, но и деревья по-разному реагируют на изменение погоды. Рядом с вечнозелеными кипарисами и масленичными деревьями стоят желтые и опавшие дубы и клены… Люди, также, кутаются в теплые куртки и пальто, поднимая воротники. То ли Зима, - то ли холодная Осень. Разно фасонные шляпы, шляпки, береты, спортивные шапки, кепки, женские косынки призваны не только держать наши головы в тепле, но и украсить наш общий вид и даже подчеркнуть степень светскости или религиозности.

Могу ли я что-то добавить к положению религии в Конкордии… Ведь сказано и говорится так много… В Конкордии жива Вольтеровская эпоха. Правда, - нет таких гениальных философов, которые бы осудили засилье религией в государственных органах управления страной…

И мое отношение к религии прочувствовали редакторы "полицейского шоу" … Все, кто мало-мальски "стучал" на меня в Америку, изображались как ортодоксальные религиозные прохожие…

Они было останавливались и смотрели на меня? и ловили каждую мою мысль о лаборатории Каинмана вообще и об Олежеке в частности.

Я мысленно посылал их к черту, а однажды не выдержал и сказал сидевшему на против меня актеру, который усиленно молился при каждой моей мысли об Олежеке: "Чего надо"?

Вот уже пять лет, как я вернулся из США в Конкордию… Я не знаю, в какое время года в Конкордии, мне уютнее, - в сухое жаркое лето или, - в дождливую, промозглую зиму. Я не знаю, что тяжелее, - быть "постдоком" в американском "шоу", или излучать мыслительную энергию (читать чужие мысли, - занятие неприличное, но занимательное. Не успеешь оглянуться, как втянешься…) в лабораториях Конкордии… И я не знаю, что хуже, - быть помощником профессора Сержио Каинмана или его заклятым врагом…

Я жду, когда я найду настоящую работу, где тебя ценят за предложенные тобой проекты. Работу, на которою тебя берут не для того, чтобы узнать что-то "жаренное", а потом выбросить, раструбив всему миру о твоей профессиональной непригодности. Я жду, когда Каинман и его противники в научном сообществе захотят опубликовать мой проект... Но все тщетно...

Иногда мне кажется, что вот-вот найдутся люди, которые скажут: "Баста! Сколько можно издеваться над несчастными матерью и ее сыном". Но тщетно...

Я зашел обратно в комнату. Телевизор показывал футбольный матч. Играла сборная Германии. Не помню с кем. Да теперь я, кажется, понимаю, что значит тотальный футбол.

В супермаркете, у меня украли тележку, когда я, отвернувшись, расплачивался в кассе. Покупатели, стоявшие в очереди, и кассирша, хохотнули...

В министерстве абсорбции (эмиграции) мне дали книжку с льготами после того, как льготы были просрочены. А когда я позвонил в это же министерство с просьбой предоставить мне работу (или хотя бы интервью на работу), как это полагается всем новым репатриантам, - в телефонной трубке раздался смех: "Ну какая тебе работа. Твоя работа уже окончена. И вообще, мы уже раз шесть или семь предлагали тебе пойти на интервью, но ты отказывался". Прозвучал длинный гудок, - разговор разъединили...

Неожиданно "сломался" телевизор... Кабельное телевиденье перестало вещать. Взамен, в телевизоре появились опции на двенадцать каналов, на которых транслировали "праздничный", военный парад в Северной Корее, художественный фильм про распятие Иисуса Христа, светские новости о том, как миллиардерша забеременела от нестареющего Жигало, который ее обокрал в придачу... Все эти передачи после того, как кончались, тут же начинались заново... Военный парад, вообще, казалось, длился целую вечность... Ну и венцом телевизионных программ, вишенкой на торте, стал Джеймс Бонд, неоднократно говорящий в экран: "Если ты хочешь кому-то отомстить, - прежде убедись, что вырыл себе могилу".

Внезапно, распахнулось с шумом окно и сильный порыв ветра смахнул бумаги со стола и разлил кофе. Я закрыл окно, вытер стол и собрав все предметы с пола, подошел к книжной полке. На полке находились мои лабораторные протоколы из Америки... Верней, я их туда положил, когда вернулся в Конкордию, но теперь их там не было...

Они пропали.

А на работе неиствовала Dusty: «Ты понимаешь конкордийский язык? Или на каком с тобой разговаривать? Сны тебя не беспокоят?»

Сны начали меня "беспокоить" еще в Советском Союзе... Так, мне однажды приснилось, как кто-то, как и через многие годы в Америке и Конкордии, допрашивает меня и настойчиво спрашивает: "Кто бы, ты хотел, чтобы остался жить, - Мать или Отец?"

А за два дня до смерти отца мне приснился сон, что он умирает. Я проснулся и неведомый, внутренний голос мне прошептал: "Переплюнь через левое плечо, и отец останется жить." Черта с два, - подумал я, - Не верю я в эти глупые приметы" …

И не переплюнул… Отец умер через два дня. Машина "неотложной, скорой помощи" ехала по срочному вызову необычайно долго… Когда врачи прибыли, отца уже нельзя было спасти… Теперь я плююсь через левое плечо по каждому поводу и без повода. Очень боюсь. Не столько за себя, - сколько за мать.

"Кстати, а твоя нога тебя не беспокоит?" – прервала мои раздумья Dusty.

Меня ударили по левой ноге в Денвере во время уличной пробежки, незадолго до отъезда в Сан Франциско… Три или четыре врача, к которым я обратился, откровенно издевались надо мной, показывая мне картинки со связками из анатомического атласа, или предлагая совершать больше физической активности на мышцах ноги. Они ухмылялись неизвестно чему… В просторном лобби поликлиники сидели одни уголовники в оранжевых одеяниях, в наручниках на руках и ножных цепях на ногах, а также сопровождающие их, скучающие полицейские, играющие ключами в руках…. Видимо других пациентов в эти дни не принимали… Наконец, один пожилой еврейский доктор надел на мою ногу карсоль. В нем я проходил полгода. А до этого, стопа напоминала все краски моря и неба с картин Айвазовского и с огромным трудом влезала даже в расшнурованные кроссовки. Так мне мстили за отъезд…

В Сан Франциско я получил еще один удар по ноге, во время футбольной игры, от лаборанта из Денвера, с которым меня познакомил Ганс (тоже в прошлом из Денвера). Он промахнулся на несколько сантиметров, едва не задев в голеностопный сустав… И странно, мяч был далеко от меня… "Ничего, ничего - ухмыльнулся Олежек. - А в других странах люди от голода умирают" … Он, оказывается, стоял среди наблюдавших за игрой и раздавал на право и налево свои "ценные" комментарии… Похромав немного, я вернулся в лаб. Мои "доброжелатели" вероятно надеялись, что я передам проект кому-нибудь другому из-за вынужденного отсутствия на работе, если бы повредился голеностопный сустав. На этот раз, они немного просчитались…

Я закашлял и чуть не упал. Dusty то ли сжалилась, то ли из вежливости прокомментировала: "Тебе надо обратиться к врачу".

- Я был уже у врача-пульмонолога. Он сказал, что я кашляю, потому что я толстый (хотя месяц назад я имел тот же вес, но не кашлял).

- И что он тебе посоветовал делать?

- Пить теплую воду...

Мой мобильный телефон затрясся и зазвенел. Звонил семейный врач.

- Готовы результаты анализов. У меня две новости для тебя. Одна плохая, - другая хорошая...

- Начните с плохой...

- У тебя коклюш.

- Странно, я в детстве им переболел...

- И тебе необходимо оставаться дома хотя бы для того, чтобы не потерять сознание на работе, - как это случилось у меня в кабинете. Отдохни немного... Да, кстати, где ты подхватил коклюш?

- Не знаю. На работе лаборантка кашляла весь день...

Из своего кабинета вышел Вильям Рошти. Он восторженно восклицал: "Какой Шмулик мафиози! Получить такой, большой грант! Во дает"!

Я попытался прервать его и завести разговор.

- Я говорил с Сержио Каинманом… Я готов быть вам полезным и обсудить, - какую часть моего проекта я могу передать вам…

- Рошти переменился в лице. - Я найду тебя в лаборатории, - сказал он, сухо, глядя сквозь меня… Проходящий мимо, Йоси Злохерсон, усмехнулся…

Видимо, мне надо "готовить парашют" (а на простом языке, – искать работу…). Разочарованный, я зашел свою комнату и увидел там необъятную лаборантку Татьяну (по кличке "энциклопедия чужой жизни"). Она рылась в лежащей на столе папке с моими протоколами и конспектами. Не найдя того, что искала, - Татьяна открыла мой персональный лэптоп.

- Тебе помочь? – Спросил я.

Татьяна кашлянула и без запинки спросила (как зазубренное стихотворение):

- Ты basket со льдом вернул на место?

- На сколько мне известно: да!

- А я уверена: нет!

Утром, придя на работу, я увидел, как Татьяна переставила basket на другой стол… Теперь я понял: почему…

В комнату вбежали две китаянки. Они закричали на перебой, коверкая мое имя:

"Володиия, ты не вернул на место стеклышки для электрофореза". И не слушая меня, продолжали трезвонить: "Это не хорошо Володиия, что ты не возвращаешь предметы туда, где они должны находиться. Это очень нехорошо. Немедленно верни наши стеклышки. Слышишь? Мы их весь день ищем". - Одна из китаянок, та, что по старше, остановилась возле меня и глядя мне прямо в глаза на чистом, русском языке, уверено, обратилась ко мне: "Уходи отсюда! Тебя никто здесь не любит. Почему ты не уходишь?" Татьяна хохотнула…

- Я только хотел сказать, что стеклышки давно на месте, в шкафу в вашей комнате… - Пытался возразить им я.

- Да что, вы говорите ему. Он же со всеми спорит… Кстати, он еще и наш гомогенайзер сломал! - Вставила Татьяна.

- Ладно! – внезапно успокоились китаянки и убежали, как газели, что-то горланя между собой, - так же, как и пришли…

- Я даже не трогал ваш гомогенайзер. – Попытался оправдаться я…

В двери показалась Dusty. Она весело перемигнулась с Татьяной, и что-то ей показала (кого-то изображая), а затем исчезла…

- Володя, а ты хочешь встретиться с тремя красавицами? – обратилась ко мне Татьяна, после того как за Dusty закрылась дверь. Она уставилась в свой компьютер и не поднимала лица. "Где-то я уже слышал о трех красавицах", - не мог вспомнить я, но вслух лишь сказал…

- О каких красавицах идет речь?

- О тех, которые приехали из твоей бывшей лаборатории… Олежек, Антошка и Женечка, - помнишь таких? Соскучился по теплым денькам Володя? И выдержав паузу, она сказала: "Нам нужен второй протеиновый комплекс на наружной мембране митохондрии". И Татьяна бесшумно выскользнула из комнаты.

Я не мог им передать эту часть своего проекта. Во-первых, Сержио был не согласен. Во-вторых, мне пришлось бы существенно урезать свою статью и опубликоваться в гораздо худшем журнале, чем я планировал… "Овчинка выделки не стоила".

В моей комнате, краской и лаком блестя,
Школьный глобус гостит, как чужое дитя.
Он стоит, на косую насаженный ось,
И летит сквозь пространство и время и сквозь
Неоглядную даль, непроглядную тьму,
Почему я смотрю на него – не пойму.

Школьный глобус,– нехитрая, кажется, вещь.
Почему же он так одинок и зловещ?
Чтобы это понять, я широко раскрыл
Мои окна, как шесть серафических крыл.

—Павел Антакольский

III. Визит черного человечка

-Опять ты здесь?

-Куда ж ты без меня денешься?

-Зачем ты перенес меня в будущее?

-Что бы ты понял...

-Понял: что?

-Что необходимо перестать питать иллюзии... и быть зацикленном на своем внутреннем мире...

-Почему же ты не перенес меня в прошлое?

-А знаешь, - это поправимо...

-Нет, постой.

-Поздно...

Комната закружилась вокруг меня... Я закрыл глаза и откинул голову на спинку стула... Очнулся я в лаборатории. Вокруг стояли банки и пробирки с растворами и порошками... Я услышал приглушенный тихий разговор в котором участвовали двое. Я узнал низкий голос Злохерсона и звенящий, как падающая ложка, голосок Гленке.

-Значит ты сделаешь, как договорились, - сказал Злохерсон

-Да! – Отрывисто и уверенно ответила Гленке.

-Дай ему вопросы к экзамену и оставь одного у себя в кабинете. Достаточно будет, что он перелистает их и сменит порядок... Университетская полиция заметит это и доложит декану фармакологической школы... Мы обвиним Володю, что он распространяет вопросы на экзамены среди студентов... И тогда нас никто не упрекнет, что мы засунули ненормального человека в исправительное шоу...

Оба зашли из кабинета в лабораторию...и комната, и предметы в ней замелькали, вновь, кружась над моей головой...

И вот уже я вижу самого себя в кабинете Гленке. На письменном столе лежит папка с вопросами для экзамена... Я работаю с лэптопом... На миг я отрываюсь и задерживаю взгляд на папке... Машинально я протягиваю руку и... И тут я кричу самому себе:

"Постой! Не трогай вопросы к экзаменам!"

Но я не слышу себя и беру из стопки два листа и мельком пробежав их глазами, кладу небрежно сверху на груду...

Комната расплываясь исчезает и я оказываюсь в кабинете декана. За столом сидит декан склонив голову, морщась, читает какое-то письмо. Гленке, вонзая свои длинные ногти в ручки кресла, буквально впилась в декана глазами... У окна расположился Злохерсон, делая вид, что не следит за происходящем, он что-то рассматривает в окне...

-Ну так как? Что вы решили предпринять? Прерывает молчание Гленке.

-Поймите, - отрываясь от чтения письма и складывая очки отвечает декан.- Поместить человека на всю жизнь в такое шоу, - это очень жестоко. Тем более, что доказательств у вас, как кот наплакал... Студентка Злохерсона Лейла видела двоих молодых людей, воркующих на Дне Рождения Лисицкого. Сам Лисицкий личность темная и незаслуживающая доверия. Как он получил диплом, - большой вопрос.... Это уже тенденция, вначале был Александр Цимерман, которого вы подсунули к Володе в общежитие... Он тоже не понятно, как закончил учебу и стал фармацевтом... И декан вопросительно посмотрел на Злохерсона... Тот не отрывая взгляд от окна пропустил мимо ушей колкость Декана ...

-И наконец главное: сдвинутые с места 2 листа из папки с вопросами, - это отнюдь не доказательство вины Володи...

-Так что, вы предлагаете нам, обратиться в суд и заключить его в тюрьму, и лишить затем его 3-ей степени? - Властно вмешался Злохерсон. - Вы ведь тоже пытались словить Володю на девушках... Мы вас подержали на выборах... В следующий раз можем проголосовать за вашего оппонента.

-Ну хорошо, - после долгой паузы сказал декан, держась обеими руками за голов. – Я свяжусь с больницей Сорока и со спец. Службами... В Швеции полагаю все готово к его визиту...

-Да, через 3 месяца они его ждут, - быстро ответила Гленке.

-Но вы понимаете, что может всплыть такое, чего бы нам не хотелось слышать?..

-Понимаем, - отозвалась Гленке, - но выбора нет...

И комната вместе находившимися в ней людьми сложилась как карточный домик. Я опять сидел перед компьютером. С экрана вещал человечек в черном сюртуке.

-Ну что? - попал в прошлое. Теперь до тебя дошло?

-Я ничего не могу уже изменить... И вряд ли смог бы, проживи я жизнь заново...

Один идет прямым путем,
Другой идет по кругу
И ждет возврата в отчий дом,
Ждет прежнюю подругу.
А я иду—за мной беда,
Не прямо и не косо,
А в никуда и в никогда,
Как поезда с откоса.

—Анна Ахматова

IV.Перекати поле.

Уже с порога в кабинет, я понял, что Вильям Рошти пребывает в плохом настроении... Он курил, прикусывая сигарету, стирал и набирал заново текст в компьютере, ругаясь на английском и конкордийском языках. Не глядя на меня, Рошти, кивнул. Потом сделав оборот в кресле, придвинулся к столу.

- Мне нужно знать, хочешь ли ты остаться в моей лаборатории.

- Да, конечно, хочу... Разыгрывая недоумение, сказал я.

- Тогда, ответь мне, над чем ты работал в Сан Франциско...

- Над митохондрией...

- Володя, человека с твоим прошлым не возьмут на работу нигде... А я взял... Кроме того, мимо меня не пройдут, когда ты в следующий раз будешь искать работу. Меня попросят дать тебе рекомендацию... Надеюсь, теперь ты понимаешь, какое незавидное твое положение...

- Я изучал роль митохондрии в senescence...- Я попытался увести разговор в другую сторону, как в свое время меня учил Каинман, когда мы еще были в хороших отношениях.

- Я пишу обзорную статью. Я могу внести твое имя. Могу даже повысить зарплату… - Сменил гнев на милость Рошти.

- Это мне подходит. Я изучал роль митохондриального транспортера в senescence, вызванной глюкозой… Нюанс состоял в том, что вовремя senescence клетки перестают размножаться и производят инфламаторные белки… В свою очередь, клетки, в которых нет транспортера, действительно перестают размножаться, но синтез некоторых инфламаторных белков в них нарушен… Так, что скорей всего, этот транспортер в senescence не вовлечен…

- Ладно – Вяло сказал Рошти и отвернулся обратно к компьютеру. Я вышел из комнаты, заработав место в обзорной статье и спокойствие на работе на некоторое время… Я взял, обратно, у Рошти флэшку с записанным на ней файлом. В этом файле имелись мои предложения для Рошти. Выйдя из корпуса, я бросил флэшкой в ближайшую машину. Толкнув ее и удостоверившись, что машина зазвенела, я отошел в сторону. Затем обернулся. Возле стоянки суетился охранник. Машина принадлежала одному из профессоров… Охранник обратил внимание на флэшку. Поднял ее с асфальта. Повертел флэшку так и этак в руках и сунул ее в карман брюк.

Рошти заглотил наживку и промахнулся.

Я вижу каменное небо
Над тусклой паутиной вод.
В тисках постылого Эреба
Душа томительно живет.

Я понимаю этот ужас
И постигаю эту связь:
И небо падает, не рушась,
И море плещет, не пенясь.

О, крылья бледные химеры,
На грубом золоте песка,
И паруса трилистник серый,
Распятый, как моя тоска!

—Осип Мандельштам

V. Акмол.

Хвойный лес кончился, и началась то ли степь, то ли странная пустыня с редкими зарослями. Из окна рейсового автобуса, движущегося по узкой, извилистой дороге, нельзя было понять, что же это на самом деле…

А тем временем, пригороды города Акмол замаячили, как древние, насыпные захоронения вождей, безвозвратно, исчезнувших племен… Изнуряющее солнце, буквально, не щадило каждого, кто не успевал от него укрыться в тени широколиственных, одиноко стоящих деревьев, либо под навесом какого-либо многоэтажного здания. Конкордийцы, здесь, были похожи на жителей Зелотании: "И те, и другие носили усы и были отмечены печатью загара". И как сказал один известный в Канкордии русскоязычный литератор и художник, имея в виду жителей Акмолы: "У всех у них была одна цель в глазах" … Акмол был городом, который я "не любил по личным причинам", цитируя его же, говорю я… Когда я эмигрировал из России в Конкордию, Акмол стал первым городом, встретившим меня в свои "горячие" объятия… Здесь, я познал голод и нищету. Здесь, я перенес две, не очень удачные (одна за другой), медицинские операции. И хирурги, крепко пожав мне руку, с особой тщательностью, обвиняли друг друга в профессиональных неудачах… Здесь, я столкнулся (увы, не в первый и не в последний раз) с человеческой глупостью и примитивностью… Переехав в поисках заработка из Акмолы в расположенное неподалеку, сельско-хозяйственное поселение, я обратился к одному местному жителю Ицику с просьбой сделать рамки для картин, которые я привез из России… Ицик осмотрел их внимательно, и взгляд его задержался на картине, на которой было изображено надгробие с крестом… Повертев картину и так, и сяк, он меня спросил: "Володя, а ты действительно еврей"? И вот уже по всей конкордийской степи завывало: "Володя не еврей" …

Но стряхнув с себя не слишком приятные воспоминания, на первой же остановке в Акмоле, я бойко соскочил со ступенек автобуса и подождал пока он проедет… На счет три, на светофоре зажегся зеленый свет и перебежав дорогу, я оказался внутри университетского кампуса, центральная библиотека которого, напоминала китайскую пагоду. Я обогнул библиотеку, и скорым шагом, в хорошем настроении, вышел к корпусу, где размещалась лаборатория профессора Анжелины Шушанц… Она и была моим "парашютом" …

Анжелина Шушанц занималась митохондрией и, в частности, одним из митохондриальных транспортеров. Над этим транспортером я работал в лаборатории Сержио Каинмана... В качестве "академического хобби", она пробовала свой "талант" также в сборе информации о латиноамериканцах из учебных заведений, в которых я работал ранее...

Неоднократно похвалив меня в первые дни моей деятельности в ее лаборатории, профессор Шушанц постепенно "сползла" в конфронтацию со мной... И, как всегда, в прошлом, в нынешнем месте работы, в дикой, грязной, всецело управляемой сверху вакханалии участвовал весь лаб или большая его часть. "Ангелина Пустовойтова" – шипело из всех углов серпентария... "Подруга и жена, но не твоя", - трещало отовсюду, как испорченное радио. В конечном счете, я оказался в просторном, новеньком кабинете Анжелины Шушанц с большими окнами, из которых внутрь струился такой нетронутый и такой теплый солнечный свет. Анжелина Шушанц, озадачила меня дилеммой, - либо даю ей проект, - либо ухожу немедленно из ее лаборатории.

За несколько лет до этого разговора, во время моего последнего визита в Канкордию из Сан-Франциско, я встретился с Ильей Бессловесным, с которым я прежде учился на третью ученую степень. Но основная работа у Ильи тогда была, - вынюхивать, высматривать и доносить... Илья получил лабораторию в университете Акмолы несмотря на то, что на постдоктарате он не опубликовал ни одной статьи… Он предложил мне встретиться с Анжелиной Шушанц и "поговорить" о проекте, над котором я работаю у Сержио Каинмана и, в частности, о митохондриальном транспортере… Под вой пронзительной сирены скорой помощи и мелко накрапывающий дождик мы зашли в бар. В течении нашего довольно долгого разговора я не произнес ни единого слова о том, над чем я работаю, а Илья продемонстрировал "завидные" знания, как о моем проекте, так и о взаимоотношениях студентов в лаборатории Каинмана. Я никогда не представлял себе, что он может быть таким разговорчивым… Илья даже знал, что мне не продлили стипендию… Хотя никому в Конкордии я не обмолвился словом, ни про стипендию, ни про свой проект… Все это было вежливо сказано мне в доверительной беседе за кружкой пива… Заядлый трезвенник Илья Бессловесный, который никогда и негде не брал в рот спиртного, пошел со мною в бар, ради того, чтобы убедить меня "продать" проект Анжелине Шушанц и взамен, по всей видимости, получить лаб в университете Акмолы… Сам он "скромно" надеялся получить ответвление от моего проекта за посреднические услуги… Мне это предложение, а также "глубокие знания" о моей работе в Сан Франциско не понравились, и я тогда отказался поехать на встречу с Анжелиной

Шушанц и вести переговоры за спиной Сержио Каинмана… Увы, цена моего проекта за несколько лет пребывания в Конкордии, понизилась, как и стало более безвыходным мое положение…

Но не стану утомлять читателя описанием моего краткого дальнейшего пребывания в лаборатории Анжелины Шушанц.

В общем, я и с ней распрощался… Сверидов оказался прав, - нет романтики там, где хороводит непроходимое, вязкое, гнилое болото.

Вы так вели по бездорожью,
Как в мрак падучая звезда.
Вы были горечью и ложью,
А утешеньем – никогда.

—Анна Ахматова

VI. Антошка и Катя.

«С чернокожими встречаются только неудачники»,—неожиданно, и почему-то, выпалил Антошка и бросил пипетор на стол. Тот с шумом упал, и красная лента с серпом и молотом, обрамлявшая его, распласталась на столе. Антошка сначала прижал ее большим пальцем, а потом спохватившись, безуспешно, пытался отклеить ее от стола перочинным ножиком. Он знал, что моя бывшая подруга афроамериканка, но это его не остановило…

- "Ну вот. Теперь чернокожие. Раньше были евреи России, еврейские банки в Америке, не спонсировавшие "честных" граждан ссудами, а также холокост и культ личности, "которых не было" … - Что или кто на очереди?" - подумалось мне.

Сержио Каинман был опытным манипулятором. И если требовалось педалировать на слабое место, коим в моем случае была еврейская тема, он, не колеблясь это делал, хотя и сам был евреем… Каинман умело сталкивал между собой студентов, ограждая себя от всяких происков…

- Антошка ты где? окликнула его жена Катя. Она работала секретаршей у Каинмана. - У меня курица готова.

- Слышали? Хохлы выбрали нового президента…

- Если бы я был президентом России, я бы ввел танки в Киев, -прошипел Антошка.

- Антошка, ты опять пьян?

Антошка широко раскрыл, и без того, большие глаза, засветившиеся нездоровым блеском. Он уставился в пол, но ничего не ответил... С Антошкой нередко бывало, что он напивался до чертиков и не приходил на работу...

- Ух как мне надоел этот Каинман, - продолжала Катя, - Если бы я была его женой, я бы его обязательно прищучила...

- Катя! Все зависит от Каинмана... - Наконец, отозвался Антошка.

- Антошка, я не могу, - сказала Катя и заплакала.

- Пожалуй я пойду, - неуверенно промолвил я.

- Ты читаешь такие интересные статьи. — обратился Антошка ко мне.

- Что? Что такое?

- Только знай, что революцию в лаборатории надо делать из подтишка, - бросил мне вдогонку Антошка.

Революцию в лаборатории я делать не собирался. Это точно! Антошка умел, что называется, делать собеседника, "частью своего рассказа"...

А то, что я читаю "интересные статьи" стало известно Антошке от кафедрального компьютерщика, которому я сдал свой, не такой уж старый лэптоп для починки. Он и передал Антошке все файлы с моего компьютера, включая ссылки к статьям. И заодно он отказался, довольно в грубой форме, исправить мой ноутбук, посоветовав мне купить новый…

Через пару дней, Каинман встретив меня в коридоре, выдавил из себя, ухмыляясь:

- Володя, ты читаешь "интересные статьи".

- Я уже знаю, - огрызнулся я, поняв, что получил черную пиратскую метку… - С праздником вас. Этот разговор состоялся на еврейский Новый Год, Рош Хашана…

- А ты уже сходил в синагогу помолиться?

- Нет, я играю в другой лиге…

- А в Спорт лото ты не играешь? - И он рассмеялся, показав свой волчий оскал. Насмеявшись вдоволь, Каинман развернулся на сто восемьдесят градусов, и его белоснежный затылок засверкал по коридору.

Это было не единственным происшествием между мной и Антошкой. Как-то раз, войдя вечером в лабораторию, я услышал голос Олежека: "Надо как можно быстрее достать Proposal Володи. Ты уже говорил с Раином"? Раин работал в отделе кадров кафедры фармакологии. В частности, он ведал грантами и scientific proposal... Однажды он мне намекнул: "Я могу стать и твоим другом. Принеси мне выпивку". Антошка, по-видимому, принес...

Антошка был не только вором, доносчиком и провокатором, но и саботажником. Он дал мне вектор для ДНК, который не работал... А в пылу обиды, он мог выбросить чужих мышей, проходя мимо них по лаборатории, или накапать какую-то гадость в клетки и так далее... На войне все средства хороши, и Антошка использовал вранье Денверской мафии, а также Злохерсона из Конкордии, чтобы настроить против меня как Каинмана, так и Жаклин и выбить из меня проект. Как-то раз, в пылу лабораторной ссоры Антошка показал мне шприц с непокрытой иглой... - "Знаешь Володя, что это"? Ганс в коридоре удовлетворенно крякнул... А дело замяли... Сам Антошка уже на следующий день улыбался мне, как ни в чем не бывало...

Антошка снабдил меня неполным протоколом и получил взамен два. Кроме того, я предложил измерить митохондриальную массу в его клетках... Я провел для Антошки опыт, показавший, что моя теория работает. И я "запрягся" на еще несколько опытов для него, которые вошли в первую статью и стали основой для второй его статьи вместе с южнокорейским постдоком… Тем не менее, в свои статьи ни Антошка, ни Каинман меня не вписали… А мой e-mail Антошке с моими научными предложениями, почему-то, исчез не только из моего компьютера, но даже с университетского сервера… Как будто его и не было…

Когда Олежек "убедил" мою знакомую Шули записать мой с ней разговор на мобильный телефон, а потом победно молвил: "Пока Володя", Антошка встал из-за стола и скорчив насмешливую физиономию, уставился на меня, покашливая со свистом…

Антошка весело перемигивался с Джоном, когда тот по указанию Жаклин отсоединял (раз пять или шесть) от розетки power supply, подключенный к моему электрофорезу в холодильной комнате.

Антошке было смешно.

«Ты сумасшедший параноик»,—заметил ему, однажды, его друг, компьютерщик Саша. Именно, Саша помогал Кате писать странные сообщения, якобы, от имени моих друзей на мою электронную почту или на мой сайт в "Одноклассниках". Катя, то есть, мои "друзья" со всего света советовали мне зайти на порносайт, или найти себе украинскую "дивчину", или поехать на Украину, - искать сережки древних людей… На первые два предложения я промолчал. На приглашение заняться археологическими раскопками я ответил:

"Значит, с сережками, проблем у тебя нет". Антошка подарил Кате сережки на одном из ее дней рождения, и я напомнил Кате про них... После этого, все сообщения от моих "друзей" прекратились... Правда, начались телефонные звонки с долгим, непрерывным молчанием в трубке или "воинственным", детским кличем: "Мы идем".

"Володя, я тебе звонила", - верещала Катя, поправляя прическу.

"Э... Меня, наверное, дома не было". – Вставил я в "хлиплые" обломки нашего короткого разговора первую, попавшую на ум реплику... Я вышел из комнаты, где работал с клеточными культурами, чтобы не дать этому разговору длиться дальше.

А в теплом и все решающем августе, незадолго, до моего возвращения из Сан Франциско в Конкордию, ко мне, дважды, в университетской кафетерии подходил компьютерщик Саша с предложением оставить мой проект Антошке. Он мне говорил о том, что неплохо бы взять мою маму из Конкордии в США, что и так, я потратил много денег на адвоката, чтобы получить американскую Грин-Карту, что в Конкордии тяжело найти работу... И так далее и тому подобное...

Я дважды отказался.

Не важно то, что вас нечаянно задели.
Не важно то, что вы совсем не из задир.
А важно то, что в мире есть ещё дуэли,
На коих держится непрочный этот мир.

Не важно то, что вы в итоге не убиты.
Не важно то, что ваша злость пропала зря.
А важно то, что в мире есть ещё обиды,
Прощать которые обидчику нельзя.

Не важно то, что вас мутит от глупой позы.
Не важно то, что вы стреляться не мастак.
А важно то, что в мире есть ещё вопросы,
Решать которые возможно только так.

—Леонид Филатов

VII. Сержио Каинман.

“Ладно”, - сказал я сам себе. Попробую договориться с Каинманом. Раз Жаклин на лабораторном митинге объявила официально: “Принесите “big story” Сержио и вы останетесь еще на год в лаборатории”, - Я им поверю.

Я пошел к Каинману и принес ему три проекта (не считая своего главного проекта). Он повертел в руках новую схему вовлечения митохондрии в воспалительный процесс, улыбнулся и проронил: “Хорошо, иди работай над этими проектами, но не забывай свой основной проект”. При этом листок со схемой Каинман оставил себе…

А через несколько недель на вечеринке у Каинмана, Олежек мне сказал: “Идем послушаем, что говорит Сержио. Он так любит собак”. Мы подошли к Каинману. Олежек обратил наше внимание на резвящуюся на лужайке собачку: “Сержио, эта порода собак умная?” “Порода умная, а эта собака глупая” … - И Каинман, смеясь, посмотрел на меня. Он не мог не знать, что слово “Собака” в Конкордии применяют к отпетым отщепенцам…

Но Каинману показалось этого мало, и он подослал ко мне Женечку в лаборатории. Заядлый мотоциклист и пустозвон Женечка с неестественным блеском в глазах прошептал мне “по большому секрету”: “Сержио не любит, когда студенты, идут к нему на поклон, сразу после приглашения” ... Я ничего не ответил и лишь уткнулся в пробирку...

И он добавил: “Жаль, что ты в воскресенье не пришел к Антошке в гости... Там такие девчонки были” ...

Меня неожиданно встречали по дороге на работу и другие члены группы Каинмана. Все они настойчиво ублажали меня поделиться с Сержио. Он мол “суровый, но справедливый” ... “Надо срочно пойти поговорить с ним” – говорила мне старая карга, подсевшая ко мне в баре... - “Ну, если ты не хочешь говорить с ним, - идем ко мне домой... Я тебя просто так не отпущу” ... “Спасибо за приглашение”, - сухо сказал я, - встав и расплатившись, я вышел из-за барной стойки.

Я и сам понимал, что должен еще раз объясниться с Каинманом и поэтому попытался с ним встретиться. Но безуспешно. Каинман был всегда чем-то занят и не мог со мной разговаривать... То ли от него, то ли от его секретарши следовал отрицательный ответ на мою просьбу... Потом, мне не платили в течении месяца зарплату. Потом, кончилась моя стипендия, которую продлили, почему-то, только на четыре месяца вместо одного года... И я, подловив Каинмана возле его офиса, спросил его: "Так мне уходить”?

"Подожди" - небрежно бросил он и закрыв передо мной дверь, скрылся в кабинете. Уже тогда моя судьба решалась просто, но неотвратимо: если удастся Каинману продать мои проекты, - я вынужден буду уйти из лаборатории... Если он не продаст проекты, - я, пожалуй, останусь еще на некоторое время... Весь "цымес" ("вкус" - идиш) состоял в том, чтобы довести студенческий проект до такого уровня, когда понятно его продолжение... А там уже можно делать с проектом и со студентом все, что хочешь...

И вдобавок, Сержио Каинман был трус... Member American Academy of Science, бывший советник по науке американского правительства, действующий профессор Калифорнийского университета в Сан-Франциско боялся опубликовать что-то, что может вызвать неоднозначную реакцию его коллег. Прежде, чем послать статью в научный журнал, он, что называется, "спускал" манускрипт ученым, чьим мнениям он доверял... И, если **проект не получал "зеленый" свет**, Каинман предпочитал "продать" его другим, уже, "высокопоставленным" деятелям науки... Проблема была не в проектах, а в тех людях, которым он доверял. В добавок, Каинман не желал "связываться" с важными "патронами" некоторых студентов, которые работали в его лаборатории... Он, также, панически страшился громогласных, детонирующих "разборок" в отделе кадров, защищавшем традиционно постдоков из стран третьего мира…

Как-то, вскоре, после вечеринки в доме Каинмана (Антошка называл его "логово"), ко мне подошла студентка Сержио, Доли и сообщила мне, что скорей всего, мой транспортер не вовлечен в регуляцию протеинового комплекса, управляющего воспалительным процессом. И значит, вся теория ложная… И значит, я принес Каинману туфту… При этом она не показала мне подлинной фотографии электрофореза, сославшись, что она не лучшего качества…

Я ничего не нашелся, - как написать ей на электронную почту:

- Thanks a lot. However, I don`t share your thinking, and I didn`t ask you to perform this experiment. Hence, I don`t need your help anymore. Thank you for cooperation.

- I am a Cristian, I cannot lie. - Ответила Доли.

- I consider your words very insulting. I wish you only the best. - Подытожил я.

Когда проходил по коридору Сержио Каинман, я вышел на встречу ему. Я хотел посмотреть ему в глаза, но вместо этого, снова, увидел его знакомую, волчью улыбку с выставленными вперед крепкими, передними зубами. Мы не поздоровались. А Каинман направил объяснительное письмо в отдел кадров, в котором, между прочим, написал, что я не хочу делиться с ним… При этом, Каинман, конечно, не упомянул, как он мне сказал: "Don`t get attached to data" (переделав цитату из глупого фильма), урезая мой основной проект…. Каинман нуждался в дополнительных проектах… Количество постдоков у него насчитывало человек тридцать и на всех идей не хватало…. А я "кочевряжился", наученный горьким опытом… Да, и не имел я проектов для всех студентов Каинмана… А отдавать будущее своего главного проекта, - являлось красной чертой, за которою заходить я не хотел… Это означало конец моей академической карьере…

Как- то раз в Сан-Франциско позвонила Нелен Гренке. Я с ней не разговаривал со времен учебы на третью степень. Гренке предложила мне работу у нее в лаборатории на два года. Работа спонсировалась конкордийской фармацевтической компанией "Forest". Я вежливо отказался. Через пару лет во время нашей последней встречи Каинман вдруг заявил мне, что без его разрешения компания "Forest" не сделает ни одного эксперимента.

Жаклин! "Конница здесь не пройдет", - казалось мне, что Сержио Каинман цитировал Вальтера Скотта. "Разбирайся с Володей сама", - кричал он ей…

И Жаклин разбиралась. Меня оставили в лаборатории работать без зарплаты и без бюджета на реагенты. Почти каждый день были какие-то "разборки" с другими постдоками или лаборантами. Случались откровенный саботаж и невыполнение взятых прежде на себя обязательств учеными с других лабораторий, студентами Каинмана, или даже биологическими компаниями…

А по прошествии некоторого времени, проект, о котором Доли сказала, что вся теория ложная, был опубликован в журнале Nature профессором Фрэнком Чоппом из Швейцарии. Профессор Чоп был научным редактором в этом и еще "пару-тройке", "топовых", научных журналов… В отличии от меня, Каинман умел "продавать" идеи, даже, если они были не его…

Еще через несколько месяцев, Сержио вызвал меня к себе в кабинет. Он сразу поставил вопрос ребром, не глядя на мои последние результаты: "Мне нужен твой проект. Взамен, получишь работу в биотехнологической компании в Америке" …

"А через полгода я останусь без работы, без статьи и с испорченным CV"? – спросил я. "Ну как знаешь", - легко сказал он и встал из-за широкого стола, на котором вместе с лэптопом и фотографией жены и детей, умещалась не одна кипа бумаг и статей. Короткая аудиенция закончилась…, и я подписал себе неотвратимый, смертный приговор. Теперь бедовое, тщательно, сделанное досье Каинмана - Злохерсона будет преследовать меня по всему миру…. А в телевизионной "викторине" "Тоже самое" Каинман и Злохерсон выйдут "целёхонькими" из огня или "сухими из воды" … Каинман, вообще, "всю свою сознательную жизнь играл в солдатики, - только, когда он подрос солдатиками, стали живые люди", - как сказал классик.

Ночь, улица, фонарь, аптека,
Бессмысленный и тусклый свет.
Живи еще хоть четверть века—
Все будет так. Исхода нет.

Умрешь—начнешь опять сначала
И повторится все, как встарь:
Ночь, ледяная рябь канала,
Аптека, улица, фонарь.

—Александр Блок

VIII. "Последний бой Арабеллы".

В небе Конкордии по ночам очень мало звезд (не так как в Крыму!). И "отколовшаяся" от полумесяца яркая, белая звезда светила обособленно... Это был мерцающий огонек одинокого дирижабля. Дирижабль следил за центром города, беспечно, качаясь в порывах сильного ветра. В нашей жизни каждый за кем-то следит, как суровые судьи на соревнованиях... Жаль только, что в реальной жизни, мы играем не только за спортивные кубки, - но и за место под солнцем... Не в понарошку, а очень даже в серьез... И наши возлюбленные, друзья, сослуживцы — все они с нами, пока мы забиваем шайбу в чужие ворота. И если не мы забьем, то вместо нас другие забьют... и, очень, может быть, в наши ворота...

- Володя, где ты? Сколько я должен искать тебя? - крикнул профессор Вильям Рошти, ногой отшвырнув корзинку со льдом, в которой находились мои пробирки... Часть пробирок выпала из корзинки. Хорошо, что они были плотно закрыты.

- Я работал в холодильной комнате, - отозвался я, поднимая пробирки.

- Ты вышел из лаборатории и не погасил свет.

- Я собираюсь уже вернуться туда...

- Ты не вытянул из розетки Power Supply... На повышенных тонах заговорил Рошти.

- Я иду с ним работать...

- Я посылал тебе сообщения по электронной почте из Индии. Почему ты мне не на один мой мэйл не ответил?

- Я не получал от вас никаких сообщений.

- Так что я вру?

Я промолчал.

- Что с клетками? Почему они заражены? – продолжал Рошти.

- Вам уже известно... Я и сам хотел бы знать: "Почему"?

- Что? Что это значит? – С нескрываемым раздражением, почти кричал Рошти.

- Вы читали абстракт с моими предложениями? - поменял я тему, пытаясь снизить накал разговора.

- Да. Он мне не подходит. Это не моя область.

- Но ведь, это возможно, новая функция транспортера, который вы изучаете...

- Ну и что? Не подходит и все тут. – И он передернулся, втянув щеки...

- Ладно. Поработай еще один месяц. Но не над абстрактом. Бросил мне напоследок Рошти, громко стукнув дверью.

Не удивительно, что у него нет статей больше десяти лет. И как ему только довелось не быть уволенным из университета? Да, еще, позволили в придачу сидеть на раздаче грантов для поездок на научные конференции. Говорят, покойный отец Вильям Рошти был светилом в науке, с большими связями…

Не успела за ним закрыться дверь, как в коридор выбежала угрюмая, как дикий зверь, лаборантка Татьяна и накинулась на меня.

- Что с клетками, которые я тебе дала?

- С какими клетками? Одни заражены, - другие не пролиферируют, хотя стоят на разных полках инкубатора…

- Ты не умеешь работать с клетками…

—Это вряд ли, - Буркнул я.

- К тому же у тебя есть проблема коммуникаций с людьми, - Крикнула Татьяна мне напоследок, также, как и Рошти, разозлившись, хлопнув дверью.

Из кладовки просунулась взъерошенная, лохматая голова студентки Dusty.

- Я слышала ваш разговор. О каких клетках идет речь? Не об иммунных ли клетках, которые произошли от опухолевых клеток рака груди?

- Какой рак груди? Ты себя слышишь, что ты несешь?

- А правда, что у Ияля (единственный работник лаборатории на которого можно было положиться) стул с длинной спинкой?

Не переживай, что его уволили. - Выпалила Dusty, как запрограммированная.

- Очень жаль! Ияль - хороший парень, - возразил я.

Dusty смочила руки и, резко, и даже нервно, несколько раз встряхнула их над умывальником… Не вытирая рук, она обернулся ко мне…

- А что это, - твой office? - и она кивнула на холодильную комнату.

- Да нет. Так перебиваюсь…

- Ну-ну. Перебивайся…

А как ты думаешь? – продолжала неугомонная Dusty, - Вильям Рошти возьмет меня обратно в свой "лаб" после года отсутствия? Я собираюсь поработать немного в биотехнологической компании… - И она нырнул обратно в кладовку, не слушая моего ответа.

Ох, уж эти мои дражайшие "почитатели". Они явно не перелистывали страниц книги "Один День из Жизни Иван Денисовича".

У них были другие учебники жизни…

*Все то, что я писал в те времена,
сводилось неизбежно к многоточью.
Я падал, не расстегиваясь, на
постель свою. И ежели я ночью
отыскивал звезду на потолке,
она, согласно правилам сгоранья,
сбегала на подушку по щеке
быстрей, чем я загадывал желанье.*

—Иосиф Бродский

IX. В каменных чертогах.

Я остановился у входа в ветхое, понурое, каменное, двухэтажное здание с полуобвалившемся балконом. Мой взгляд привлекла самая обыкновенная, одинокая ромашка, пробившаяся сквозь камни и украшавшая собою вход в "развалины Парфенона" … Здесь мне назначил встречу мой очередной психолог… Я пришел раньше назначенного времени, и ничего страшного не было в том, чтобы потратить пару минут и лицезреть это чудо, городскую ромашку… Ее белые лепестки тянулись ко мне, словно говорили: "Не волнуйся! Все будет хорошо".

Но пора идти… Психолог просила не опаздывать на прием, так как у нее насыщенный график…. Я толкнул дверь и вошел внутрь дома. То, что я увидел, - являлось полной противоположностью наружной стороны здания. Блестящие, новенькие, кафельные пол и стены поглощали и отражали свет, падающий со множества ламп. Зеленые растения в коричневых, тщательно вымытых с внешней стороны вазонах, казалось, наполняли вестибюль кислородом и красотой… Несмотря всего лишь на два этажа, в доме был лифт, на котором я поднялся на второй этаж.

Психолог оказалась, в сущности, средних лет, с крашенными волосами, сильно припудренная, худосочная женщина, одетая в серый, "офисный" костюм, состоящий из пиджака и юбки. В дополнение к портрету, пиджак был надет поверх белой, свежевыглаженной блузки... Психолога звали Ирен Марнавский...

- Прошу вас Володя, - улыбаясь, указала Ирен на кресло.

- Добрый День Ирен, - отозвался я, сев поудобнее в глубокое кресло.

- О чем мы поговорим сегодня? - Спросила Ирен, подобрав юбку и сделав серьезным лицо.

- Да хоть о баклажанах. - Рассмеялся я.

- Баклажаны оставим до лучших времен... Как ваше здоровье? Есть улучшение с тех пор, как мы начали наши встречи?

- Спасибо, в восемнадцать лет я чувствовал себя лучше...

- Я не спрашиваю вас, что вы испытывали в восемнадцать лет. В конце концов, вам всегда было плохо или очень плохо... (Интересно, откуда она это знает). Хорошо сменим тему. Вы работаете где-нибудь? Вы, по-прежнему, думаете о вашем проекте?

- На первый вопрос ответ – "Нет". На второй – "Да".

- Володя, у вас одна извилина в голове, но такая, которая всем извилинам - извилина! Вы курица, которая несет золотые яйца…Почему бы вам не заняться Neuro science или поменять профессию? Надо соизмерить свои силы и таланты… Скажите "до-свидания" прошлому… Измените правила игры…

- Не могу, - яйца надо беречь…. - А если серьезно. - Прошлое – это наша жизнь. Пускай прожитая, - но жизнь. Понимаете? Прошлое определяет, чем мы являемся теперь. И нет порой ничего труднее, чем в настоящем продолжить наше прошлое… Поставить все точки над и… Понять и принять ошибки, и закончить дело жизни…

- Нужно извлекать уроки из прошлого, но нельзя жить прошлым. – Отозвалась Ирен. - Сколько вам – сорок два – сорок три?

- Сорок пять…

- Вам только начинать жить.

Наступила томительная, неловкая для нас обоих, хотя и кратковременная пауза…

- Послушайте, - взорвала тишину Ирен, - А вы не пробовали записать все, что произошло с вами? Так сказать, выпустить пар…

- Ну прям-таки все записать…

- Ну хотя бы часть... Что вас больше всего тревожит...

- Так книга же все равно пойдет в стол.

- Ну и что... Зато вы выскажетесь... И перестанете размышлять о своем прошлом...

- Я подумаю, - неуверенно сказал я, - потянув к себе свою сумку.

- Подумайте. А сейчас снова мой сеанс... Отложите в сторону сумку. Ее никто не украдет у меня в кабинете. Сядьте по удобнее...

- Вы опять на меня воздействуете гипнозом?

- Это не совсем гипноз... Но пусть мое воздействие зовётся гипнозом, если вам так нравится... Закройте глаза и расслабьтесь... Итак, мы начинаем.

*****

Ирен, раздвинула такие же белоснежные, как ее блузка, занавески и задумчиво наблюдала, как я выхожу из здания. Она взяла в руки мобильник.

- Алло.

- Да, это я. Ну, что там?

- Без особых продвижений...

- Да, подсунь ты, ему бабу.

- Его не интересуют женщины...

- Он, что педик?

- Я пыталась ему внушить, что он латентный гомосексуалист… Не вышло.

- А, что на самом деле его интересует?

- Его проект. И… немного месть тем, кто сломал ему жизнь…

- Что? -взревел голос в телефоне. - Да он сумасшедший… А он себя не винит во всех его неудачах?

- Винит… Что полагался на тех людей, которым доверять нельзя… В какой-то степени, он одержим… Я говорила с ним, что пора бы плюнуть на все… и жить сегодняшним днем… Пыталась апеллировать к здравому смыслу… Он отвечает, что война заканчивается тогда, когда одна из сторон капитулирует. Он пока не намерен сдаваться…

- Он знает про нас?

- Догадывается…

- Тогда с ним придется покончить… Если все сплывет… Нас ждет тюрьма и очень долгий срок… С конфискацией имущества. Придется отказаться от дорогих машин… А многие из нас не доживут до суда…

Ты это понимаешь?

- Понимаю… У меня нет машины, тем более дорогой, как у вас…

- У тебя есть шикарная квартира и офис в центре города... Да еще твои богатые и влиятельные клиенты... И старший сын в Америке на непыльной работе, кажется, в еврейском агентстве, которую можно легко потерять, так же, как и Грин-Кард. А младший...

- Хватит! Что вы предлагаете?

- Лучше, конечно, убрать этого ненормального чистюлю в Акмоле, а не в столице... Шуму и пыли меньше... Жаль, что мы не сделали это раньше.... Скажи ему, чтобы он переехал в другой город.

- Подождите, у меня есть одна идея...

- Голос в телефоне засопел. Слышно было, как кто-то кашлянул и затем сильно высморкался. Потом раздалось, - Хорошо. Только не затягивай... А то из меня бос веревки вьет... Пора кончать это шоу...

Разговор разъединился. Ирен отошла от окна и села в свое рабочее кресло. Уставившись в одну точку в комнате, она закурила, медленно выпуская кольца дыма.

Как кони медленно ступают,

Как мало в фонарях огня!

Чужие люди, верно, знают,

Куда везут они меня.

А я вверяюсь их заботе.

Мне холодно, я спать хочу;

Подбросило на повороте,

Навстречу звездному лучу.

Горячей головы качанье

И нежный лед руки чужой,

И темных елей очертанья,

Еще невиданные мной.

—Осип Мандельштам

X. Флэшка

Раздался телефонный звонок.

- Алло.

- Добрый день! Вам звонят из травматологического отделения больницы Сорока.

- Чем могу быть полезен?

- Вы знакомы с Дмитрием Зажинским?

- Дмитрием? - не сразу поняв, что речь идет о Димасе, переспросил я.

- Ах Дмитрием, - наконец дошло до меня, - Ну да, конечно!

- Он просил вас зайти к нему.

- А что случилось?

- На него напали хулиганы и избили его. Он поступил к нам ночью со множественными переломами ребер и конечностей, а также с травмами головы. Хорошо еще, что его заметили случайные прохожие и вызвали скорую помощь...

- Да я обязательно к нему зайду.

******

Накрапывал редкий весенний дождь. Один из тех последних сезонных дождей, какими баловала природа Конкордии, перед наступлением засушливого, жаркого лета...

Я поднялся по ступенькам в главное здание больницы Сорока. Выйдя из лифта на 5-м этаже, я вошел в палату, где находился Димас.

- Ну здраствуй Димас.

Димас весь в гипсовых повязках и с подвешенными ногой и руками лишь слабо улыбался.

- Димас, ну что же ты, дружище!

- Тумбочка. - лишь слабым голосом отозвался Димас...

- При чем тут тумбочка, Димас?

- Пиджак, правый карман...

- Ну допустим, - Я открыл тумбочку и взял аккуратно кем-то сложенный пиджак.

- Флэшка...

- Я просунул руку в правый карман пиджака и нащупал флэшку.

- Зачем она мне? - удивился я.

- Там файл со списком сфабрикованных статей Каинмана, - тяжело глотая слюну, медленно говорил Димас. - Пошли их в Американскую Академию Наук.

- Ты думаешь "академики" будут этим заниматься?

- Надеюсь. Там ведь еще и список грантов, которые...- он сделал паузу, - Каинман получил на основе этих статей. Каждый RO1 NIH грант, как тебе известно, около 3 миллионов долларов...

- Хорошо, я пошлю.

- Спасибо. Я всегда верил в тебя.

В палату неслышно вошла медсестра и попросила меня выйти...

"Он очень слаб. Ему нельзя волноваться",— сказала медсестра.

Я вышел из палаты. В голове не укладывалось. Флэшка. Димас. Вчерашний ужин в баре. Каинман...

Я покрутил в руках флэшку и спрятал ее в карман джинсов. Дождь прекратился и из-за туч выглянуло приветливое, весеннее солнце.

По дороге носились мотоциклисты на своих боевых "конях"... В черных куртках и разрисованных шлемах они вполне могли сойти за тяжелую рыцарскую кавалерию...

У супера толпились покупатели. Они напоминали дозорных пехотинцев на крепостных стенах. И у ворот замка, то бишь супера, они суетливо шелестели мечами и копьями, а точнее сказать, кульками с продуктами...

Я ненавижу свет

Однообразных звёзд.

Здравствуй, мой давний бред, -

Башни стрельчатый рост!

Кружевом, камень, будь

И паутиной стань,

Неба пустую грудь

Тонкой иглою рань!

Будет и мой черёд -

Чую размах крыла.

Так - но куда уйдёт

Мысли живой стрела?

Или свой путь и срок

Я, исчерпав, вернусь:

Там - я любить не мог,

Здесь - я любить боюсь…

—Осип Мандельштам

XI.Голос Свободы.

Василий Гроссман писал в книге "Жизнь и Судьба", что настоящие, далеко идущие открытия происходят, когда ученый свободно дышит. Я долгое время не мог объяснить результаты своих экспериментов… Вроде бы, белковый комплекс собирался на митохондриальной мембране. Но не все медиаторы, участвовавшие в этом конкретном пути передачи сигнала присутствовали в комплексе. И важно, что отсутствовал главный фермент, из-за которого был весь сыр-бор. Я не мог понять, почему так происходит. Нервничал и Каинман: "Володя нам вставят гвозди в задницы, если мы не найдем объяснение" …. Но объяснение не приходило… И вот уже измученный, как невозможностью закончить проект, так и нескончаемыми лабораторными играми, я взял недлительный отпуск и поехал в Конкордию, к маме…

С трудом сдерживая слезы, мама слушала мои рассказы об Америке. Я говорил ей о снежных вершинах над озером Тахо, о катании на коньках по глади заледеневшего в горах озера во время научной конференции на горнолыжном курорте Keystone, о водном парке развлечений в солнечном Орландо, о бьющих из под земли гейзерах и огромных медведях Гризли в национальном парке Йеллоустон, о тихоокеанских котиках…

- А как у тебя на работе? - Осторожно спросила мама.

- Все нормально, - пытаясь говорить бодрым языком, сказал я. – Проект продвигается... Шеф очень умный. Его студенты много работают и настроены на коллаборацию...

- Ты останешься в штатах?

- Пока не могу ничего сказать... Но Грин-Кард у меня уже есть... Посмотрим, найду ли я работу в Америке...

- А твой начальник тебе может чем-то помочь?

- Не знаю. Не хочется его напрягать... Еще статья не опубликована...

- Ну дай бог, - все образуется...

Мама стала в последние годы немного набожной... Она зажигала свечи по субботам... и читала молитвы... Раз в году, она ездила в Акмолу на могилу свекрови. Просила раввина прочесть молитву.

Вечерами, когда природа и земля в Конкордии отдыхают от зноя, я с мамой гулял пешком по городу. Я рассказывал маме (по ее просьбе) снова и снова об Америке, о затерянных в горах национальных парках и сверкающих небоскребах больших городов... В одной из таких прогулок меня осенило: "Это многоступенчатая система... Существует по крайней мере три комплекса на митохондрии… И, хотя, я еще не знаю где расположены второй и третий комплексы,—это ведь так очевидно, как мороженое после обеда…Так, только, оказавшись в отпуске, я понял, как активируется фермент на митохондриальной мембране. Но я еще не знал, что мой манускрипт нигде не опубликуется… Каинман "не получил зеленый свет" …

Где римский судия судил чужой народ,
Стоит базилика, и—радостный и первый—
Как некогда Адам, распластывая нервы,
Играет мышцами крестовый легкий свод.

Но выдает себя снаружи тайный план,
Здесь позаботилась подпружных арок сила,
Чтоб масса грузная стены не сокрушила,
И свода дерзкого бездействует таран.

Стихийный лабиринт, непостижимый лес,
Души готической рассудочная пропасть,
Египетская мощь и христианства робость,
С тростинкой рядом—дуб, и всюду царь—
отвес.

Но чем внимательней, твердыня Notre Dame,
Я изучал твои чудовищные ребра,—
Тем чаще думал я: из тяжести недоброй
И я когда-нибудь прекрасное создам…

—Осип Мандельштам

XII. Мама.

Брюзжание не самый большой недостаток, но весьма заметный. Тебе дорогой читатель, наверное, опостылело читать перечень моих бессчётных жалоб… Но были ли другие дни в моей краткой, научной жизни? Разве я не испытывал катарсис, когда что-то получалось в результате моих экспериментов? Еще как! Удачные, веселящие душу и вселяющие надежду опыты очень часто отвлекали меня от лабораторных "курьезов", как то кончики парадных туфель, которые Жаклин одевала на частые свои Date; запотевшие, грязные двойные очки Вильяма Рошти, когда он "пыхтел" над очередным грантом, заранее зная, что он его не получит по научным соображениям; темные зубные протезы (или их отсутствие) Сержио Каинмана, которые он "оголял" когда впадал в буйную ярость; и кем или чем еще?…

«Не уходи в себя, - сказала мать,—дай мне руку».

Бедная моя мама. Она падала в обморок, сдавая кровь, чтобы заработать дополнительные отпускные дни и приехать ко мне в Саратов. Она делилась со мной последним куском хлеба, в первые годы пребывания в Конкордии, и когда я служил в Конкордийской армии. Она работала дни и ночи в больнице медсестрой, с единственной целью: заработать нам, хоть на крохотную квартиру. А когда я по телефону заикнулся, что у меня проблемы в Америке, - она тут же примчалась из Конкордии в Сан-Франциско и обеспечила мне тыл…

Я уже давно понял, что мои телефонные и домашние разговоры прослушиваются и передаются Каинману, Олежеку и Жаклин. Поэтому, мы друг другу дали понять, что нам надо поговорить на улице.

Выйдя на безопасное от моей квартиры расстояние, я сказал:

- Я возвращаюсь в Конкордию.

- Ты уверен, что хочешь вернуться? Может договоришься с Каинманом? Он, всё-таки, тоже из Конкордии…

- Нет. Это невозможно. Я отдал ему все, кроме главного проекта…Но он просто одержим идей, растоптать меня. Каинман сказал мне, что я должен отказаться от проекта… Никто в Америке не берет меня на работу… И все из-за него. Мне об этом намекнули не раз…

- И немного колеблясь, я продолжил: можно пожить у тебя немного?

- Конечно! Что за разговор. Моя квартира,—это твоя квартира. Я уйду и это все, что тебе достанется после меня. Немногие драгоценности, которые у меня были, пропали…

- И цепочка, которую я тебе привез из Америки?

- И она…- И мама горестно всплеснула руками…

- Я только найду работу и перееду на другую квартиру.

- Расслабься. Идем лучше собирать вещи. - Сказала она, обняв меня за плечи.

И теперь, когда мне плохо, я закрываю глаза и вижу тебя, моя милая мама в детстве. Лето. Я ерзаю на стуле и давлюсь ненавистной, манной кашей в домике на реке. Вот твое ситцевое, желто-черное платье мелькает, развиваясь между деревьев. И я уже отчетливо вижу твою маленькую, худенькую, хрупкую фигурку. Я срываюсь и бегу к тебе на встречу, едва не сбив с ног бабушку, занимавшейся стряпней на кухне…

-Куда ты сорванец?

Но я, лишь, кричу бабушке в ответ:

- Она приехала!

- Кто? Кто приехал?

- Моя Мама.

В слезах я бросаюсь маме в объятья. "Почему ты так долго пропадала, мама?"

“Я была на работе”, - улыбаясь вторила она.

В жизни бывает все. Подруга может разлюбить…Казалось, незыблемными работа и положение в обществе, а также уважение коллег, могут быть потеряны в одночасье и безвозвратно… Но материнская любовь сильнее всего! Она не зависит от нашего успеха или неудач… Она вечна!

Увы, дорогой читатель. На этот раз стихов не будет. А если хочешь, - включи музыку оркестра Поля Мориа. Композиция так и называется: “Мама”.

XIII. Интервью на работу.

Сразу после разговора с мамой, я позвонил профессору ревматологии Альберто Манаю. Я получил стипендию за работу в области ревматологии и надеялся, что этот факт поможет мне устроиться у него в лаборатории.

- Алло, это офис Альберто Маная? Я по поводу его объявления на сайте вашего института. Вам нужен лаборант?

- Да. "Приходите завтра". И пожалуйста переходя дорогу, внимательно смотрите по сторонам.

- Хорошо спасибо.

- Нет это вам спасибо, - не отвязывалась секретарша Маная.

Я повесил трубку.

На следующий день я оказался в кабинете у Альберто Маная. Но еще на длинных ступенях в одинокий корпус, внутри кольца автомобильных стоянок, где находилась лаборатория Маная, на меня словно повеяло нечистой силой. Многоэтажное здание с острым шпилем, устремленном ввысь, было выкрашено в серый, гнетущий цвет. Псевдоготический стиль корпуса, построенного в тридцатые годы двадцатого века, напоминал скорее дворец волшебника Сарумана из фильма "Властелин Колец". Его узкие и высокие окна, с тусклым светом в них, лишь довершали унывный портрет. И еще, я поразился..., но этот зловещий корпус являлся точной копией, здания медицинского факультета в котором я работал в Денвере…

Оказавшись внутри, пожалуй, чрезмерно, освещенного холла, я увидел снующих туда и сюда студентов и младших научных сотрудников. Я влился в их шумную толпу и зашаркал по натертому до блеска полу до лифта. Возле лифта стояла пожилая, спортивного вида (насколько это возможно в ее возрасте) дама в костюме из синего пиджака и такого же цвета штанах. Глядя на меня сквозь большие очки, она важно промолвила низким гортанным голосом:

- Look at the book.

- What`s its name?

- Moscow's rules

- No, thanks.

- It`s a pity. – Пробулькала дама в синем.

Я пожал плечами и вошел в лифт. Двойные, тяжелые, металлические двери со скрипом за мной захлопнулись и лифт понес меня на третий этаж. "В гости к трем красавицам" - прошипел таинственный голос. На третьем этаже, я одурманенный, вышел из лифта. Мне вдруг причудился: Сам Саруман подмигивает мне, перебирая свои нефритовые четки. И вот уже по этажу тянется, звеня и улилюкивая его звездный шлейф.

Встряхнув головой, взмахнув руками, переплюнув через левое плечо три раза, и притопнув, я скинул с себя наваждение. Саруман вместе с четками и шлейфом исчез. Мир казался теперь другим, - более реалистичным... Твердым шагом я вошел в кабинет профессора Альберто Маная.

"Что же ты не сказал, что работаешь у Сержио Каинмана. Я преклоняюсь перед его талантом, - Воодушевился Манай, - И он мой друг. У меня, немного, работал его студент. Так сказать, - коллаборация. Кажется его звали Ганс... Я его научил кое-чему" ...- Как бы оправдывался Альберто, по-видимому, ожидавший обвинения в плагиате...

(Лишь теперь я понял, чему так улыбался мне Ганс, когда он вышел из кабинета Каинмана..., и почему мне не продлили стипендию на год несмотря на то, что подавляюще большую часть работы, предложенной в scientific proposal, я завершил).

- А над чем ты работаешь?

- Я изучаю роль митохондрии в Death Receptor Signaling... Я писал вам об этом...

- Ты шизофреник?

- Простите?

- Ты психически больной?

Я выдержал паузу и пожалел, что не взял записывающее устройство.

- Хорошо. Посмотрим на твоей лекции, что ты сделал… И мы оба вышли из кабинета Маная.

Это было довольно странное требование, - Давать семинар для интервью на должность лаборанта…

В просторной зале, где я давал лекцию перед группой Маная я очень скоро обнаружил, что говорю в абсолютно жуткой тишине. После окончания доклада никто из присутствующих не задавал мне вопросы. Все молча встали и вышли из комнаты. Обнаглевший Манай ловко выхватил из моих рук свой ноутбук, на который я переписал файл с лекцией. Так, что я не успел его стереть. (Перед докладом от меня потребовали переписать файл с моего диска на ноутбук, по причине того, что адаптер для диска нужно срочно вернуть в секретариат кафедры). Хотя, честно говоря, и того, что рассказал ему Ганс было вполне достаточно…

На работу меня не взяли, а через два года Манай опубликовал статью о транспортере…, о котором я проводил в его лаборатории семинар… До и после этой публикации, статей о митохондриальном транспортере у Альберто Маная не было....

По окнам громко стучал не то сильный дождь, не то мелкий град. Ветер гнул беззащитные деревья, которые бессильно прикрывались листвой и казалось удивлялись этой не по сезону разошедшейся буре... Безмерные, серые тучи, казалось, обволокли всю планету. В небе, как и на земле воцарилась непогода. Боги посылали на землю, в добавок проливным дождям и пронизывающим ветрам, сверкающие молнии и ужасающе громкие раскаты грома... Я укутался в теплый, кусачий, шерстяной плед и сел в старенькое, скрипучее кресло перед включенным телевизором. Мне не хватало слов, чтобы описать душевную стихию, понемногу, улегшуюся во мне по мере того, как фужер с коньяком опустел. Я согрелся, закрыл глаза и заснул. Мне снилось лето на Десне реке, на Украине (я по-прежнему пишу "на", а не "в". Последнее я не признаю). Вот, я бегу вместе с ватагой шумных друзей вдоль канала. По зову одного из нас мы все дружно скидываем одежды и бросаемся в воду. "Кто доплывет до противоположного берега первым, тот будет кататься весь день, завтра, на моем новеньком велосипеде", - слышу я. И вот уже, я плыву, изо всех сил, широко размахивая руками, задыхаясь и брызгая во все стороны, немного, ослепленный лучами дневного солнца. Впереди, меня ждет другой берег.

*Веселый флаг на мачте поднят -
как огонек на маяке.
И парус тонет,
и парус тонет
за горизонтом вдалеке.*

*А по волнам играют краски,
и по-дельфиньи пляшет свет...
Он как из сказки,
он как из сказки,
таких на свете больше нет.*

*А море вдруг приходит в ярость -
такой характер у морей.
Куда ж ты, парус,
куда ж ты, парус,
вернись скорей, вернись скорей!*

*Но парус вспыхнул, ускользая,
и не ответил ничего.
И я не знаю,
и я не знаю,
он был иль не было его...*

—Римма Казакова

XIV. Вечное пристанище

Этьен слегка и ласково, поглаживал своего коня по гриве. Тот, время от времени, одобрительно мотал головой. С покрытого редким лесом пригорка открывался величественный вид на старинный замок, зелёную долину и море.

Два года Этьен со своим верным оруженосцем Франсуа, скитался по Европе, заметая следы и сводя столку преследователей... Два года лишений, мелких стычек, ухода от погони... Наконец, они прибыли в Шотландию.

- Ну вот и все Франсуа. Здесь, мы спрячем Грааль от всех властителей мира.

- Почему здесь? - Недоумевал Франсуа

- А где же еще? Не во дворце же короля Франции? - Усмехнулся Этьен, - Мы здорово провели наших преследователей после того, как засветились в Милане и Праге....

- Но все же, почему здесь, в этом заброшенном замке?

- Ты задаешь вопросы, на которые либо нет ответа, либо есть очень простое объяснение... Почему у иудеев число дней от Пейсаха до Шавуот и от Шавуот до Рош-Ха-Шана кратно 7? Или почему их праздник Ханука в Декабре, а не в Июне?

- Ну, это же просто. В неделе 7 дней. В декабре, - продолжал Франсуа, - дни короткие и нужно больше света. А тут такой праздник со свечами. И кстати, Рождество тоже в декабре...

- Вот видишь, Франсуа. Силы Природы слились во едино с силами Истории. На этом основан Танах… Шотландия далека от Франции. Их разделяет море… А в этом старинном замке никто не додумается искать Грааль.

- Но может святой Грааль пойдёт кому-нибудь на пользу?

- Кому? Жестоким, вероломным властителям? Или погрязшем в невежестве и разврате элитах? Нет Франсуа, человечество не готово владеть им.

- Но тогда у меня возникает вопрос: Действительно ли святой Грааль обладает чудотворным действием?

- Так это или не так. Не известно. Для меня это символ непоколебимости Тамплиеров, свободы и свободного выбора. Грааль не должен достаться палачу...

Чудотворность Грааля, - это вопрос веры. Ведь я же не спрашиваю тебя: Кому ты больше доверяешь, фарисеям или саддукеям?

- Фарисеи торговали в храме. Уровень их образования сомнителен... А саддукеи уверяли, что загробной жизни и воскрешения нет. И следовательно нет чуда мессии... Это ересь и святотатство!

- Как знать Франсуа. Как знать. В одном ты прав, - немного образования не повредит... Вот, что утверждали древнегреческие философы.

И тут Франсуа выплюнул из-за рта ягоды, чертыхаясь:

- Боже какая гадость!

- Говорил тебе, - не ешь что попало!

- Со вчерашнего утра ничего не ел. В животе уже урчит, - обидевшись буркнул Франсуа, вытирая рукавом рот.

- Так вот, - продолжал, не слушая, Этьен, - Демокрит сказал:

"Не существует ничего, кроме атомов и пустого пространства, все остальное - просто мнение".

Великий Сократ произнес следующее:

" Я знаю одно: я ничего не знаю. Это источник моей мудрости".

А неповторимый Фалес оставил нам такую заповедь:

"Счастливый человек - это тот, у кого здоровое тело, богатая душа и хорошо образованный ум".

Наконец Эпиктет заметил, что только образованные люди свободны.

- Помилуйте, но вы же цитируете язычников!

- Да. И они были мудрейшими людьми. Тише! Ты видишь людей там, возле ворот замка? Давай спрячемся за этими соснами...

Внизу копошилась дюжина вооружённых всадников. Один подъехал к воротам и не слезая с коня, яростно постучал в дверь:

- Именем короля Франции, откройте...

Из глазницы башни высунулась взъерошенная голова:

Вы в Шотландии. Здесь не действуют законы короля Франции...

- У меня есть грамота подписанная королем Шотландии,

Робертом-I . Вы обязаны нам содействовать... И с этими словами он развернул бумагу и протянул руку к башне.

- Ничего мы вам не обязаны. Проваливайте... И взъерошенная голова исчезла...

- Милорд, здесь нет их... - Влез в разговор один из рыцарей - Кому взбредет в голову забраться в эту глушь... Едемте в Эдинбург. Там и пообедаем.

Тот, который стучал по воротам, в сердцах ударил хлыстом по стене замка, развернул коня и скомандовал своей свите:

- В Эдинбург!

Этьен и Франсуа выждали немного и выехали из укрытия.

"Прочь сомнения! Нас там ждут! Вперед, Франсуа!"

Этьен поправил за пазухой Грааль, пришпорил коня, махнув Франсуа рукой, и оба они на покорных лошадях начали медленно спускаться со склона горы.